文庫

ひなた

吉田修一

光 文 社

目次

春

新堂レイの春

なんでこう嫌味なくらいに、尚純《なおずみ》には女のコの部屋が似合うんだろう。明るいベージュのソファに、薄いピンク色のラグマット、ベッドシーツもカーテンも、フリルこそついていないが暖色系で統一しているから、けっして男のコっぽい部屋ではない。それなのに、先日広尾の雑貨店で買ってきたオレンジ色のクッションを枕にソファで寝転んでいる尚純の姿は、まるで同じ店で買ってきたようにこの部屋に馴染《なじ》んでいる。もちろん尚純の風貌が女のコっぽいわけではない。高校までラクロスをやっていたというそのからだは、硬いし、でかいし、長いしで、どちらかといえば可愛げはない。

「ん？　何？」

ソファに寝転んでテレビを眺めていた尚純が、私の視線に気づいて振り返る。

「ううん、別に」

台所と部屋の敷居に立ったまま、私は首をふったのだが、「何？　何だよ？」と意外にしつこく訊《き》いてくるので、「……いや、よく似合うなと思ってさ」と私は仕方なく言った。ただ、言葉にするとなんか褒めてしまったような気もする。

「ああ、これ？　昨日、伊勢丹で買ったんだよ。Jなんとかってブランド。知ってる？」

やはり褒められたと思ったらしい。尚純が勘違いして自分のシャツを引っ張る。

「Jなんとか……、J-Crew？」

仕方なく私も話を合わせた。

「そうだっけ？　とにかくそのJなんとかって店で店員に薦められてさ」

完全に新しいシャツを褒められたと思っているらしい。捲《めく》れ上がった青いストライプシャツを、尚純が少し照れくさそうに引っ張って、出ていた臍《へそ》を隠そうとする。

臍を出していると雷が落ちてくると教えてくれたのは、おばあちゃんだったか？　いや、落ちてくるんじゃなくて、雷様に臍を持ってかれるんだったか。

「レイ、ほら、電話」

テーブルで携帯が鳴っていた。携帯より、そこにのっている尚純の汚れた白いソックスのほうが先に目に飛び込んでくる。私はその足を押しのけて携帯を取った。

「ちょっと、レイ、あんた、Hに就職決まったんだって？」

電話は中学時代の同級生、舞子からだった。かなりご無沙汰のはずだったが、「久しぶり」の挨拶もない。

「舞子？」と私は一応尋ねた。

「そうよ。誰だと思ったわけ？」

「いや、あんただとは思ったけどさ。久しぶりじゃない？」

「久しぶり？　そうだっけ？」

「そうよ。だって最後に会ったの、あんたが翔太を産んだときじゃなかった？」

「うそ？　そんなに会ってない？　翔太なんて来月から保育園だよ」

「うそ？　そんなに会ってない？」

思わず尋ね返すと、「あんたがそう言ったんじゃない」と舞子が笑い出す。

「でも雅世の結婚式の前に、電話で話さなかったっけ？」

舞子に言われ、微かに記憶が蘇《よみがえ》る。たしか一年ほど前のことだ。式に出られなかったので、ご祝儀を連名で舞子に頼んだ記憶がある。

「……ねぇ、それよりHに就職決まったってほんと？　それもなんか、ショップの店員さんじゃなくて、広報かなんからしいじゃない？」

舞子の興奮に押されるようにして、私は、「そうよ。ほんとよ」と頷《うなず》いた。

「Hって、あのHだよね？　グッチとか、シャネルとか、雑誌開くと広告に出てる？」

「そうよ。そのHよ」

「ねぇ、あんた、ちゃんと確認した？　今、いろいろ偽物業者があるんでしょ？　そっちじゃないの？」

「なんで必死にOB訪問までして、偽物業者に就職すんのよ」

「ほんとに本物？　マークとか調べた？」

「マーク？」

部屋を走り回るわんぱく盛りの翔太を髪を振り乱して追いかけている舞子の姿が浮かぶ。実際、翔太がどのような悪ガキになっているのかは知らないが、千葉駅前辺りでブイブイいわせていた元スケ番と元暴走族総長の長男なのだから、おもちゃのバイクに跨がっていても、そこそこガッツはあるはずだ。

「ほんとにほんとにH？　偽物業者じゃないH？」

「だから、ほんとだって！」

いい加減うんざりして強く言い返すと、「へぇ、ほんとにほんとなんだ」と、舞子がやっと納得してくれる。ただ、小声でぽつりと、「でもさ、なんで、千葉のヤンキーがHの広報になんてなれんのよ？」と呟《つぶや》く声もする。

小声で呟かれると、正直ほんとなれんのかな？　と一瞬自分でも不安になってくる。ただ、カレンダーに目を向ければ、間違いなく明日の日付に「初出勤」の文字がある。それに言わせてもらえば、きちんと就職試験も三度の面接も受けて採用されたわけだから、今さらビクつくことはない。そりゃ中学のころ真面目な学生だったかと訊かれたら、思わず目を逸《そ》らしてしまうが、それでも毎週末「夜叉姫《やしゃひめ》」の集会に顔を出していた舞子に比べれば、私なんか月一で参加していたくらいだし、高校になったらその「夜叉姫」ともきっぱり縁を切って、舞子のように男にも走ることもなく（まぁ、これと言っていい男がいなかったこともあるのだが）、とにかく黙々と勉強して大学にも受かり、大学では何を血迷ったのか（いや、周りのお嬢さんたちの男漁りについて行けなかったこともあるのだが）、とにかく真面目にフランス語なんかを勉強してしまい、気がつくと、東京の路上で道に迷っているフランス人と世間話までできるようになっていた。Hだろうが、シャネルだろうが、私が働きたいと言えば、「ああ、そうですか。それは光栄です」と言ってくれてもいいはずだ。

「ねぇ、ところであんた、三中の木崎亜子って覚えてる？」

電話の向こうから聞こえてきた舞子の声に、「木崎亜子？」と私は首をひねった。

「ほら、私が昔、駅前でカツアゲされて、それをあんたに話したら、あんた怒って仕返ししてくれたじゃない」

ね？」

「仕返し……。あ、思い出した！　呼び出したら、手に自転車のチェーン巻いてきたコだよ
「そうそう。あのコがさ、来月から同僚になりそうなんだよ」

「同僚？　あんた働くの？」

「うちの旦那の運送屋がなんだか不景気でさ。来月から翔太を保育園に預けてパートに出んのよ。近所のスーパーなんだけど、この前、面接に行ったら、あのコがレジ打ってんだよね」

「へぇ、そうなんだ。でも、どうせ向こうもパートなんでしょ？　平気だよ、いつまでも中学生じゃないんだし」

「いや、そりゃそうだけどさ、噂によるとまだ結婚もしてないらしくて、なんかヘンな嫉妬とかされそうじゃない？」

「……。ねぇ、あんた、私にケンカ売ってる？　それにね、今どき二十二歳で結婚してるほうがヘンだって」

話が長くなりそうだったので、尚純の足を押しやってソファに座った。すると押しやられた足を無理に曲げた尚純が、汚れた白いソックスの先でツンツンと私の背中を突く。

「何よ？」

私は携帯を耳から外して尚純を睨んだ。どうしても昔の友達と話を始めると、あの当時の

勢いが目元辺りに戻ってきてしまう。

「なんか……、焦げくさくねぇか？」

尚純がそう言って、鼻をヒクヒクと動かしている。一瞬、あんたの靴下じゃないの？　とは思ったが、真似してヒクヒクと自分の鼻も動かしてみると、たしかに焦げ臭い。

「あ！」

私は思わず立ち上がり、台所に駆け込んだ。私の慌てぶりに驚いたのか、尚純までソファから起き上がってついてくる。

つけっぱなしだったコンロの火を消して、私は鍋のふたを開けた。

「何、それ？」

後ろに立った尚純が首を伸ばして鍋の中を覗き込んでくる。

鍋の中でシロップが煮詰まっていた。まるで釜茹《かまゆ》で地獄のように不気味な泡《あわ》がボコリ、ボコリと立ち、甘ったるい匂いが鼻をつく。うまくいけば、このポップコーンが甘いキャラメルポップコーンに変わるはずだったのだ。私は鍋のふたと携帯をシンクに置くと、尚純に向かい、両手を頬に当てて口をOの字に開いてみせた。

「それ、ムンク？」

尚純が呆れたように首をふる。

「そう。ムンクの叫び」

私は改めて口をOの字にした。

「あれって声が聞こえないから恐いんだって」

「え？」

「いや、だからそのムンクの『叫び』って絵」

尚純がそう言って、横に置いてあるポップコーンを頰張る。

「……あれってなんて叫んでんのか聞こえないだろ？　だから不気味で恐いんだって。なんかの本に書いてあった。でも、言われてみればそうだよな。あれで、『アッ～』とか、『ヒィー』とか、声がちゃんと聞こえてくれば、そんなに不気味でも恐くもなさそうだもんな。やっぱ人間の不安ってさ、声にならないんだろうな。声にならないから不安なんだよな」

尚純がそう言って一人納得したように深く頷き、また塩味のポップコーンを鷲摑《わしづか》む。そのまま何事もなかったかのように部屋へ戻っていこうとするので、よほど、「ちょっと！　あんたがキャラメルポップコーン食べたいなんて言うから、わざわざシロップ作ったんだからね！」と叫ぼうかとも思ったのだが、シンクに携帯が置いてあるのを思い出してぐっと堪《こら》えた。

「ごめん」と舞子に謝ると、「何？　誰か来てんの？」と訊いてくる。

「彼氏」と私は答えた。

「男できたんだ？　長いの？」

「去年の夏からだから、半年くらい？」

私は舞子との会話に戻りながら、アルミのボウルに盛られた塩味のポップコーンを頬張った。まだほんのりと熱が残っていて、よほどこのままの方が美味しい。

甘党なのか、しょっぱい党なのかよく分からない私の彼氏、大路《おおじ》尚純と会ったのは去年の夏、伊豆の突端に近い入田浜という小さな入り江の砂浜だった。

その夏休み、実は同じゼミ生のユカと二人でハワイ島へ行く予定だったのだが、出発前日にユカが高熱を出してしまい、急遽ハワイはキャンセル、その翌週に行き先を伊豆へと変更された、どこか気合いの入らない旅行で、湘南や白浜に比べれば人影もまばらな真夏の砂浜に、レンタルしたパラソルを立て、ユカと二人で寝そべって、「あ〜あ、ハワイのキャンセル料で、何買えた？」などとずっと愚痴をこぼしているような旅行だった。

濡れた髪を乱暴に手で乾かしながら、海から上がってきた尚純に先に気づいたのはユカのほうで、「あ、ちょっと、すごいの来た……。ハワイのキャンセル料、吹っ飛ぶくらいの」と、とつぜんアワアワと声を震わす。私は一瞬、さっき食べたイカ焼きにでも当たったのかと思った。

「ちょ、ちょっと、あれ見てよ」

ひどく興奮したユカが顎をしゃくったほうへ目を向けると、一身に西日を浴びた若い男がビーチボールの砂を払いながら歩いてくる。そのからだが濡れていたからではないと思うが、一瞬、私には海から上がってきた尚純のからだが黄金色に輝いて見えた。彼の踵がズブズブと濡れた砂に埋もれる感触まで伝わってくる。

「ちょっと、念じて！　私に声かけるように念じて！」

ユカが身を硬くして、デッキチェアーの上でポーズを変えた。

「やだ！　ハワイがキャンセルになったのあんたのせいなんだからね！　あれは私がもらう！」

反射神経というのは恐ろしいもので、私は思わずドスをきかせてそう言っていた。すかさずユカが、「あんたのそういうとこ、やっぱ千葉の元ヤンキーっぽいのよね」と大げさに身を震わせてみせる。

「ごめん……」

「謝ることないじゃない。今どき元ヤンキーなんて貴重だよ。……たぶん、『筋通しなさいよ！』ってあんたの口癖、普通ほとんどの人は産まれてから死ぬまでに一度も口にしないから」

「私だって、そんなこと言わないじゃない！」

「あんた、寝言でも言うじゃない」

「嘘よ」

「ほんとよ」

「嘘？　こわいの、こわい～」

「こわいの、こっちよ」

二人でくだらぬ言い合いをしているうちに、波打ち際からゆっくりと歩いてきた尚純は、すでに私たちのすぐそばまで来ており、私たちは慌てて身体を45度にひねって奇妙なポーズを作ったのだが、あまりにも奇妙すぎたのか、尚純はこちらをちらっと見ただけで少し歩調を速めて行ってしまった。

あ～あ。ユカと同時にため息をついた。その瞬間だった。「あっ」と、背後でとつぜん呟いて立ち止まった尚純の声が聞こえた。そして巻き戻しでもされたように、私たちがまだ奇妙なポーズをとっているパラソルの下に戻ってくる。

「あの、新堂《しんどう》さん……だよね？　新堂レイさん？」

パラソルの下を覗き込んだ尚純が、首を傾《かし》げながら私を見ていた。

「あ、はい」と慌てて答えはしたものの、目の前に立つ日に灼けた青年が、どこの誰なのか思い出せない。

愛らしい笑顔というものなら、それまでにも何度と見たことがあった。ただ、このとき尚純が浮かべた笑みというのは、なんと言えばいいか、たとえばこの人が微笑むということは、きっと世界中が私に微笑みかけることなんだと思わせるような、そんな規模のでかい笑顔に見えた。

「俺だよ、俺。覚えてないかな？」と世界が微笑みかけてくる。

背中を突いてくるユカを無視して、私はまじまじとその笑顔を見つめ返した。

「も、……もしかして大路くん？　大路尚純くんだっけ？」

世界の微笑みは、小学校時代の同級生だったのだ。

「うそ？　大路くん？　あの大路くん？」

私は改めてそう言った。だって、記憶の中にある彼のイメージは、透明のペンケースでとかげを飼い、後ろ髪を伸ばしたウルフカットで、早い話が気色の悪い同級生だったのだ。

「久しぶりだな。何年ぶり？」

一変した世界にそう訊かれ、「……えっと、小学校六年のときだったから、八年？　九年？」と私は指折り数えた。

「そうか。もうそんなになるんだ」

ユカがまた背中を突いてくる。私はその手を乱暴に払った。

小学校のころ、私は二年間だけ東京都内の学校に通っていた時期があった。両親が別居して、母に連れられる形で転校したのだが、二年もすると両親の仲が戻ってしまい、タイミングがいいとばかりに中学からはまた千葉に連れ戻されたのだ。尚純はその時のクラスメイトだった。

この日、たまたま尚純も同じ旅館に宿泊していた。なんでもその旅館の息子が尚純の友達で、二週間ほどバイトしながら泊めてもらっているという。

「ちょっと、紹介くらいしなさいよ」

すっかり尚純との思い出話に浸っていると、横からすっかり戦闘意欲の萎《な》えたユカが口を挟んできた。

「あ、ごめんごめん。小学校のときに一緒だった大路尚純くん、こっちは私の大学の友達で、ハワイ旅行を高熱でキャンセルさせた佐々木ユカちゃん」

私はそれだけ早口に言うと、「で？　いつまでいるの？」と、すぐに尚純のほうに向き直った。背中に、「ただいま、ご紹介に与《あず》かりました。高熱女でございます」とブツブツと呟くユカの声は聞こえる。

その夜、尚純と二人で夜の砂浜を散歩した。もちろんユカも誘ったのだが、「これでキャンセル料チャラだからね」と、星空の下に広がる砂浜の独占権を譲ってくれた。夜、遅くロビーで尚純と別れて部屋へ戻ると、ユカはすでに布団の中で薄い文庫本を読んでいた。私がもう一度大浴場に向かう準備をしていると、ちらっとこちらに目を向けたユカが、「私の高熱に感謝でしょ？」と笑う。

「人って変わるよね。小学校のころ、ペンケースでとかげ飼ってたんだよ」と私も笑った。

浴衣に袖を通した瞬間、ふと潮の香りがした。

「明日、初出勤なんだろ、寝なくていいの？」

数え始めてからでも、すでに十回を超えている寝返りを打ったとき、尚純の眠そうな、うんざりしたような声がした。尚純に迷惑をかけているのは分かるが、眠れないのだから仕方がない。

「寝なくていいわけないじゃない」

つい言葉がきつくなる。

「俺に当たるなよ」

布団の中で尚純が肩を動かし、せっかく安定していた枕の位置が変わってしまう。

久しぶりの舞子との電話が長引いてしまい、結局、一緒にＤＶＤを返しに行くはずだったビデオ屋には、尚純に一人で行ってもらった。さすがに帰ってくるまでには電話も終わっているだろうと思っていたのだが、中学の思い出話から、同級生の近況、その上、姑《しゅうとめ》の愚痴まで聞かされて、尚純がビデオ屋から戻る時間はおろか、その後、彼がカップラーメンを食べ、シャワーを浴びるまで、舞子の話は続いた。やっと舞子が電話を切ってくれたのが一時半、聞けば今夜は旦那が翔太を連れて実家に泊まっているらしかった。

私としては早目に就寝して、明日の初出勤に備えようと思っていたのだが、電話を切ってシャワーを浴びて、明日着ていく服を再度確認し終えると、すでに二時半を回っており、それでもすぐにベッドに入って眠れば五時間は眠れたのに、なんだかんだと明日のことを心配しているうちに、あっという間に一時間ほどが過ぎていた。

「なんか、明日、目が覚めたら中学のころの自分に戻ってて、会社でみんなに笑われる夢とか見そう」

また寝返りを打ってそう呟くと、さすがに呆れたのか、「そりゃ、手に自転車のチェーン巻いてるような女とケンカするような中学生だもんな。Hじゃなくて、どの会社に行っても笑われるよ」と尚純が鼻で笑う。

「あんたね、そうやって笑うけど、ほんとにみんなすごいんだからね。私の教育係になる西田さんなんて、ソルボンヌ出てんだよ。ソルボンヌ出て、趣味は歌舞伎鑑賞なんだからね」

「お前だってフランス語、話せんだろ」

「だから、フランス語を話せるのと、フランス語で話せるのは、まったくレベルが違うの」

尚純と話していると、ますます不安になってくる。

「心配しすぎだよ。何度も面接して向こうが働いてくれって言ったんだろ」

「だって面接では、『中学のころ、〈夜叉姫〉のメンバーでしたか?』とか、『普段はイトーヨーカドーのTシャツでも平気ですか?』とか訊いてくれないもん」

「あ、そうそう。さっきから気になってたんだけど、その〈夜叉姫〉ってなんだよ?」

「え? 中学んときの仲良しグループの名前よ」

詳しく説明するのが面倒だったので、私はさらっと答えて尚純に背を向けた。横向きになった尚純の鼻息が、かすかに私の肩にかかる。

それにしても、なんでHになんか受かっちゃったんだろう。そりゃ、年頃の女のコなんだから服には興味あるけど、どちらかといえば美容院の待ち合い室でつい手に取っちゃうのはVougeやWWDじゃなくて週刊文春やアエラだし、Donna Karanの秋冬コレクションのショーとニューヨーク・ヤンキースの試合だったら、間違いなく「松井秀喜」取っちゃうだろうし、あ〜、ほんとに私、人生の選択、間違えたのかも……。

大路尚純の春

なんでこう嫌味なくらいに、うちの両親は声がでかいのだろう。俺の部屋が階段を上がってすぐのところにあるから、ドアを開けていれば一階の声が聞こえてくるのは仕方がないとしても、こうやってドアも閉め、どちらかというとうるさめにCDを聴いているにもかかわらず、「あら～、やっときた。ずっとみんなで待ってたのよ～」と玄関で兄嫁を迎えるおふくろの声が、まるでU2のボノとデュエットしてるくらいにはっきりと聴こえてくる。ただ、おふくろは自分の声が大きいわけではないと反論する。この家の造り自体が、人の声をよく通すようにできているのだと。

「尚純～！　ほら、桂子さんたち来たわよ～！」

ドアもボノも蹴散らして、おふくろの声が階段を駆け上がって部屋に飛び込んでくる。

「分かったよ！」

仕方なく大声で叫び返すと、今度は「桂子さんたちが来るの、ず～っと待ってたのよ」とぬかすおふくろの声が聞こえる。目の前にいる兄嫁に話すのも、二階にいる息子に声をかけるのも、どちらも同じ声量だというところがまずおかしい。その上、「ず～っと待ってたのよ」なんて言われたら、まるで俺がず～っと兄嫁の到着を待っていたように伝わってしまう。言わせてもらうが、俺がず～っと待っていたのは、兄嫁と兄貴が揃ってからしか食わせないという今夜のすき焼きのほうだ。

非力なボノの歌声をリモコンで消し、薄すぎるドアを乱暴に開けて部屋を出た。音を立てて階段を降りていくと、駐車場に車を入れてから来たらしい兄貴の浩一が玄関におり、「おう」などと呑気に声をかけてくる。

九割がた無視するようにして目だけを合わせ、甘い砂糖じょうゆのにおいがする食卓のほうへ廊下を進んだ。

食卓にはすでに親父が陣取り、一人ビールを飲んでいる。

「尚純、お前も飲むか？」

席に着こうとすると、親父が缶ビールを差し出してきた。すぐに台所から、「今、グラス持ってくね」という明るい桂子の声がして、「グラスくらい自分で取りに来なさいよ」という明るくないおふくろの声が重なる。いったん座った椅子から立ち上がり、仕方なく台所にグラスを取りに行った。

台所では桂子がおふくろと並んで大皿に牛肉を盛っていた。いつの間につけたのか、おふくろの白いエプロンをつけ、セーターの袖をまくり上げている。おふくろがつけるとただのエプロンだが、桂子がつけると新妻のエプロンになるから不思議だ。白いエプロンというのは、女の尻の形をきれいに見せるように作られているのだろうか。

棚からグラスを取っていると、「浩一の分も持ってってよ」とおふくろが言う。「グラスぐらい自分で取りにくるだろ」と憎まれ口を返せば、「ねえ、まだまだ子供でしょ〜」と、おふくろがこの会話とはまったく関係のない桂子に筋違いな同意を求める。その上、桂子が牛肉を盛りながら、「だってねぇ、自分だけこき使われたら損だもんねぇ」などと気を利かせて言うものだから、ますます俺の子供っぽさが際立ってしまう。

グラスを運んでテーブルに戻った。すると、「お、もうないぞ。もう一本持ってこい、もう一本」と親父が言い出す。言いたかないが、なんでこうタイミングの悪い家族なのだろう。

「はぁ?」

思わずそう口に出た。

テーブルには桂子が買ってきた苺が並んでいた。ただ、当の桂子は苺を食べる時間もなく、夕食のあとすでに慌ただしく仕事に戻っている。雑誌の編集という仕事がどれくらい忙しいのか知らないが、せっかく自分が買ってきた苺も食べられずに、いったん七時に出てきた会社に、また十一時には戻らなければならないのだから、ゼミ日とヤマト便の仕分けのバイトが重なって忙しいと言っている俺の想像を遥かに超えているのはたしかだろう。

すき焼きを食い終わったときには、もう何も食えないと思っていたが、こうやって甘そうな苺が出された瞬間、無意識に手が伸びてしまう。

「はぁ?」

思わずそう口にしたのは、たしか三つ目の苺を口に頬張ったあとだった。

「……同居って、はぁ? なんで今どきそんなことするんだよ!」

一瞬、頬張った苺を出そうかと思ったが、とりあえず口に入れたまま俺は口を尖らせた。

「なんでって、家族は賑《にぎ》やかなほうがいいじゃないか」

食後のウィスキーを飲みながら、親父が呑気に言い返してくる。

兄夫婦が来月からこの家で暮らすことになった。ついさっきとつぜんそう言い出したのはおふくろで、まるで「デザートに苺があるけど食べるよね?」と言うのと同じトーンで、「来月からお兄ちゃんたち、ここで暮らすから」としれっと言ったのだ。

実際、あまりにもスムーズだったので、「あ、そう。いいね」と俺まで言いそうになった。

言いそうになって、ふと反芻し、「え？　はぁ？」と唸《うな》ったのだ。

「だろ？　家族は賑やかなほうがいいぞ」

一瞬、無言になってしまい、それを俺の納得のサインだと勘違いしたらしい親父が念を押すように言う。すると今度はおふくろが、「そうよ。いいじゃないの。お母さん、昔から女のコが欲しかったんだから」と援護射撃を始め、二人を盾に当の兄貴が、「いいだろ、別にお前の部屋がなくなるわけじゃなし」と締めくくる。

ちょっと待て、ちょっと。どれもこれも納得できる言い分じゃないぞ、と心の中では思うのだが、こう立て続けに攻撃されると、どこからどう反論していいのか分からない。

「ちょ、ちょっと待てよ」と俺はとりあえず口を挟んだ。「……いいか、賑やかってことはうるさいってことだぞ」と、まずは親父から攻めて行く。

「……今でさえ、『この家じゃ、うるさくてのんびり本も読めない』なんて言ってるだろ。……それに、おふくろ。『昔から女のコがほしかった』だ？　姑ってのは、最初はみんなそう言うんだよ。で、実際に暮らし始めてみろ、鬼嫁だの、ごはんを食べさせてくれないだの、すぐに言い出すに決まってんだよ。……あと、兄貴も兄貴だよ。何が『別にお前の部屋はなくならない』だよ。隣の部屋で新婚夫婦にイチャイチャされる身にもなってみろよ。こっちはまだ二十二歳の健康な男なんだぞ！」

とりあえず順番に抗議していった。言い終わってみると、誰よりも正論を言ったような気がして晴れ晴れとする。さすがに反論の余地もないのか、三人ともきょとんとしたまま、俺を見ている。

反論に身構えながら用心深く三人に鋭い視線を向けていると、まずおふくろが動き出した。何を言い返してくるのかと思えば、一人だけまだ食い続けていた鮭茶漬けをズルズルと啜り、

「このコね、ほら、最近レイちゃんが働き始めたでしょ。それでぜんぜんかまってもらえなくて機嫌悪いのよ」と、びっくりするほど素っ頓狂《すっとんきょう》なことを言い出す。

「はぁ？」

「嫌なら、お前が出ていけばいいんだよ」

なんとこれがおふくろに続いた親父の台詞《せりふ》。

「え？」

「そうだよ。お前も一度くらい自立した生活してみろよ」と兄貴。

「はぁ？　……ハァ？」

呆れて返す言葉もない。ただ、ここで一人だけクールぶっても、この理屈の通らない三人に負けてしまうので、「自立って、お前だって一人暮らしなんかしたことないだろ！」と、俺はまず兄貴に怒鳴り返した。

するると、鮭茶漬けの碗に「ごちそうさま」と箸を置いたおふくろが、「あら、浩一は今、自立してるじゃない」ととんちんかんなことを言う。

「してないから同居とか言い出してんだろ！　それになんで結婚した兄貴がここに住んで、独身の俺が出てかなきゃならないんだよ！」

「だから、いればいいじゃないの。誰も出てけなんて言ってないんだから」

「だからいるよ！」

「そうよ。それでいいじゃない」

おふくろが皿を重ねて立ち上がる。「あ〜、食べた、食べた」と言いながら、そのまま皿を台所に運んで行くと、次に親父が立ち上がり、「さ〜て、腹ごなしに散歩でもしてくるか」と席を離れ、「俺もそろそろ、アパートに帰るわ」と、兄貴も親父のあとを追って部屋を出ていく。

え？　決まったの？　家族会議、終了？

慌てて周囲を見渡してみるが、右を向いても、左を見ても、そこに言葉をかけてくれそうな家族がいない。

「なぁ、おふくろ！」

かろうじて台所で音を立てているおふくろの気配に、すがりつくように声をかけてみたが、

「なによ！　いつまでもうるさいわね」と不機嫌な声しか返ってこない。

「ほんとにいいのか、同居なんて最初はいいけど、いろいろ面倒だって！」

「なにがどう面倒なのよ」

「だから……。たとえば……。そうだよ、俺らはいいぞ、この家のもんだから、でも、桂子さんにしてみたら気ぃつかうぞぉ。気ぃつかって可哀想だぞぉ」

「そりゃ、お母さんたちだってそこは心配したわよ。でも、その桂子さんがどうしてもここで暮らしたいって言ってきたんだから仕方ないじゃない」

「え？　この話、桂子さんが言い出したの？」

「そうよ。うれしいじゃない、その気持ちが。だからね、あんたいつまでもぐずぐず言ってんだったら、出てっていいから。あ、もし行くとこなければ、剛志叔父さんとこでもいいじゃない。あそこ、使ってない部屋あるみたいだし」

おふくろが名案を思いついたように、台所から顔を突き出してくる。

「叔父さん、同居させてくれるかな？」

「さぁ、そりゃ訊いてみないと分からないけど、最近、週に何度か来てもらってた家政婦さんに辞めてもらったとか言ってたから、ちょうどいいんじゃないの？」

「俺がその代わりかよ」

「何言ってんのよ。あんたが家政婦の代わりになれるわけないじゃない」

おふくろは呆れたように、台所の電気を消して出て行った。一人残されてみると、妙に孤独感に苛《さいな》まれ、あ〜あ、ここに桂子さんでもいれば、とふと思ってしまい、慌てて頭を激しくふった。


翌日、早速、西新宿にある剛志叔父さんのマンションに向かった。しばらく行ってなかったので、半ば偵察の意味も込めていた。

ソファに座って、出勤準備をする剛志叔父の様子を眺めていると、「あ、そういや、きのうの晩、レイちゃんが店に来たぞ」と言う。

「ほら、なんていったかな。レイちゃんの友達でちょっとはすっぱな感じの」

「ユカ？」

「そうそう。あのコと二人だったよ。店が暇だったからずっと喋ってたんだけど、やっぱり仕事帰りの女ってのは、あれだな、色気がムンムンするな」

「あいつ、なんか言ってた？」

「別に。ただ、仕事始めてやっと一週間、一日があっという間に終わるとかなんとか言ってたけど、あの顔を見る限りじゃ、張り切って仕事してるって感じだったな。でも、あれだ、若いころの一年なんて何でもないって言うけど、ああやって社会人になったレイちゃんと、こうやってぶらぶらしてるお前とを比べると、一年ってのもそう馬鹿にできないよな」

「仕方ないだろ、俺は一浪してんだから」

「いや、それにしてもさ」

初出勤した日の夜遅く、レイから電話をもらっていた。ただ、ひどく疲れている様子だったので、あまり長話はせずに切った。翌日、今度はこちらからかけてみたのだが、「ちょっと今、バタバタしてんの。ごめん、落ち着いたら電話する」とあっけなく切られてしまった。まだ会社にいたようだった。あれから五日、電話がないということは、まだ落ち着いていないのだろう。

「尚純、お前、どうせ暇なんだろ？　今夜、店、手伝えよ」

洗面所から出てきた剛志叔父さんにそう言われ、「別にいいけど、どっち？」と尋ねた。

「『so what』のほう。先週からこずえちゃんが休んでるんだ」

「厨房は無理だよ」

「誰がお前の料理なんか食いたがるよ。ホールだ、ホール」

剛志叔父さんは歌舞伎町に二軒の店を持っている。一軒がバーボンを飲ませるジャズバーで「so what」。もう一軒が七〇年代風の内装で人気のあるソウルバー「free soul」。剛志叔父さんは親父の弟で、今年四十八になるのだが未だ独身、親戚のあいだではゲイの噂も出ているらしいが、俺はこの叔父さんがやはり歌舞伎町でクラブを経営している七海という女性ともう十年も付き合っていることを知っている。

叔父さんと一緒にマンションを出て、タクシーで歌舞伎町に向かった。1メーターで着く距離なのだが、大ガードへ向かう青梅街道が混んでいた。

「で、なんでそんなに浩一たちの同居を反対してんだよ？」

まったく動かなくなったタクシーの中で叔父さんに訊かれ、「なんでって、わざわざ面倒なことすることないし……」と俺は答えた。

まだ、叔父さんのマンションに間借りさせてくれとは頼んでいなかったが、今日、部屋の中を調べた感じだと、一番奥の六畳間が物置になっていたから、あそこを片付ければどうにか一部屋確保できる。

「メシだってなんだって、大勢で食ったほうがうまいんだよ。俺なんかいつも一人だから侘《わび》しいもんだぞ」

叔父さんが首を伸ばして渋滞状況を確認する。

「あの人と結婚すりゃいいのに」

「あの人って？」

「ほら、七海さんとかいう人」

「ああ」

叔父さんが思い出したように声を上げる。

「もう十年も付き合ってて、結婚しないほうがヘンだよ」と俺は言った。

「もう十年も付き合ってるから結婚しないんだよ」

「なんで?」

「なんでって……。それにな、ここまで一人で生きてくると、今さら誰かと暮らすなんて考えられないんだよ、お互いに」

「何だよ、それ。たった今、メシは大勢で食ったほうがうまいって言ったくせに」

「お前な、メシだけ一緒に食ってればいいってもんじゃないんだぞ。結婚なんて」

「知ってるよ!」

思わず声を上げたとたん、渋滞していた車列が動き出した。


その夜、レイがふらっと店に現れたのは、深夜十二時を回ったころだった。ちょうど終電で帰る客たちが引き、洗い場にはグラスや皿が山のように積まれていた。

レイはカウンターの隅にちょこんと座ると、「小さいグラスで、生ビール」と、エプロンを泡だらけにしてグラスを洗う俺に言った。

「お前、この状況、見えないのかよ」

思わず言い返すと、「要領が悪いのよ。だから仕事が溜まってくんじゃない？」と、憎たらしい顔をしてみせる。

「なんだ、その言い方」

「ほら、そうやって仕事の手を止める。だから、きちんとメモも取れないんじゃない？」

「は？　メモ？」

意味が分からず訊き返した。すると、ぐたっとカウンターに突っ伏したレイが、「って、先輩に言われるよぉ〜」と大げさな泣き顔をつくる。

ちょうど厨房から出てきた剛志叔父さんにも、俺らの会話が聞こえていたようで、「出来の悪いの同士、カウンターの隅で何やってんの？」と笑いかけてくる。

「叔父さん、聞いて下さいよぉ〜」

レイが救いを求めるようにカウンターに乗り出してくる。「はいよ」と、叔父さんがいつの間に注いだのか小さなグラスで生ビールを出してやる。

「土曜日なのに、今日も仕事だったの？」

レイはその質問にも答えず、生ビールを一気飲みした。そして、空のグラスをカタンとカウンターに置くと、「休みじゃないですよ！　っていうか、なんて言われたと思います？」とからみだす。

「なんて言われたの？」

「仕事ってさせられるんじゃなくて、するもんなんだから、土日の休みは自分で決めろって」

「その西田さんとかいう教育係の人に？」

よほどこの前、愚痴を聞かされたのか、叔父さんはレイの上司の名前まで知っているらしい。

「そうなんですよ。だから、『だって、土曜日は休みじゃないんですか？』って訊いたら、『土曜日は休めるわよ』って。休みじゃなくて、休んでもいい日だって。『自分が今、休めると思うんだったら休んでいいんじゃない？』なんて言うんですよぉ～」

叔父さんがレイのグラスにまたビールを注いでやる。それをまたレイが一気飲みする。よほど、「どうせ飲むんなら最初から大ジョッキで飲めよ」と口を挟みそうになったが、大ジョッキでこの勢いが続くのも恐い。

カランとドアにつけられた鈴が鳴って、桂子が入ってきたのはそのときだった。一瞬、暗い店内を見渡し、カウンターに立つ俺と目が合うと、「いた、いた」と笑顔を浮かべて近づいてくる。

すぐに隣に立つ剛志叔父さんも彼女に気づき、「あれ、桂子ちゃんじゃない、珍しい」とうれしそうな顔をする。一人、レイだけがカウンターに身を乗り出したまま、まるで今目が覚めたばかりの豹のように、面倒くさそうに首だけを入口に向ける。

それにしても、やっぱいい女だよな、と思う。そりゃ、兄貴の嫁だってことは分かっちゃいるが、こんな女に家の中を四六時中うろうろされたら、気の休まる暇がない。

近寄ってきた桂子に、俺は機嫌の悪い豹を紹介した。母から話は聞いてたらしく、「ああ、あなたがレイちゃん？」と親しげな笑みを浮かべる。

「Hで働いてんでしょ？　すごいわよねぇ」

桂子がそう言って、大げさに感嘆の声を漏らすので、「あの、そんなにすごいんですか？こいつの会社」と訊くと、「今の世の中ね、仕事のできる優秀な女性を探すんだったらアパレルの広報だって言われてんだから」と桂子が答える。

「優秀な女性？」

俺は思わずレイに目を向けた。情けないことに、その口もとにはビールの泡がついている。

大路桂子の春

なんでこう嫌味なくらいに、浩一の寝顔は魅力的なのだろう。表情豊かで、どんな夢を見ているのか一目で分かる。楽しそうな夢もあれば、少し哀しそうな夢もあるのだが、中でも私が一番好きなのは、今朝のようにつらい夢を見ている彼の寝顔で、何がそんなにつらいのか、長いまつげを小刻みに震わせて、ときどき「うん、うん」と夢の中で誰かに頷く。うん、うん、かぁ……。そんなにつらそうに誰の質問に答えているのやら。

指先でそのまつげを撫でると、何度か目をしばたたかせた浩一が目を覚まし、下手なウィンクでもするように、「ん？　何？」と寝ぼけた声を出す。

「また夢見てたでしょ？」と私は言った。

「夢？　いや」と浩一は首をふる。

夢から覚めたばかりの夫が、こうやって徐々に現実を取り戻していく様子は楽しい。

「見てたよ。『うん、うん』って頷いてたもん」

私は腰かけていた夫のベッドから立ち上がり、自分のベッドの上に置いていた洗濯カゴを抱えてベランダへ出た。久しぶりに丸一日予定が入っていない朝、こうやって晴れた空の下に洗濯物を干せるのは気持ちがいい。

「昨日、遅かったな」

バスタオルを広げていると、背中に浩一の声がした。

「うん、二時すぎだったかな、戻ったの。仕事帰りに剛志叔父さんの店に寄ったのよ」

「剛志叔父さんとこ？」

振り返ると、ベッドから抜け出した浩一が乱れた布団を直している。

「昨日、浩一も遅かったんでしょ？」

「そうでもないよ。十時には戻ってた」

「決まったの？　次の演目」

「もっともめるかと思ってたら、意外とあっさり決まった」

浩一は学生時代の友人たちと小さな劇団を作っている。年に一、二度、小さな劇場を借りて公演するのだが、昨夜はその次回演目を決める飲み会があったらしい。たしか前回がボリス・ヴィアンの「日々の泡」で、その前が、ヘミングウェイの「敗れざる者」で……。

「で、何に決まったの？」と私は訊いた。

「『熱いトタン屋根の上の猫』」

答えながらベランダに出てきた浩一が、太陽を浴びるように大きく背伸びする。私はシャツをハンガーにかけて竿に吊るした。ちょうど風が吹いてきて、濡れたシャツが大きく揺れる。

浩一が勤める信用金庫は、いちおう東京のこの辺りでは一番大きい。文京区や台東区を中心に店舗があり、地元中小企業の間では昔からかなり評判がいい。浩一の話では元々銀行マンになりたかったわけではなく、就職活動中さまざまな業種の会社を受けたうち、一番最初に内定をもらったのが今の信金だったらしい。というと、どこかやる気のない社会人にも思えるが、仕事上、役に立つと言われれば、寝る間も惜しんで中小企業診断士の資格なんかを取ったりもする。そういえば、実家の母に浩一との結婚を伝えたとき、少し世間とずれている母は、「桂子さん、あなた、そんなご用聞きみたいな方でいいの？」と真顔で言った。いや、伝えたのが電話だったから、真声とでも言うのだろうか。とにかく一瞬、何を言われたのか分からなくて、「ご、ご用聞き？」と尋ね返してしまった。

何度も言うが、少し世間とずれている母に言わせれば、たとえば某同族大手百貨店の専務であろうが、その人が当の同族でなければ、単なる「使用人」となるらしい。なので、中堅信用金庫の職員なんて、母の頭の中では、「こんにちは、信用金庫で～す」と毎月定期預金を預かりにくるご用聞きの方になってしまうのだ。

実は名古屋にある母の実家の家系を遡《さかのぼ》ると、けっこう名の知れた武将の名前が出てきたりする。中学のときなど、社会のテストで唯一、空欄を埋められなかった問題の答えがその人の名で、その夜、答案用紙を母に見せると、「あら、桂子さん、これ、うちのご先祖様なのに」とさらりと言われたことがあった。かといって、私の実家が金持ちかというと、そう大したことはない。父はいわゆる百貨店に勤める普通のサラリーマンだし、家だって家族三人には広いが、けっして豪邸というわけでもない。要するに、母だけが我が家で浮いているのだ。ただ、この母の憎めないところが、娘の結婚相手に関しては貧血まで起こして心配するくせに、自分のこととなるとまったく無頓着だったようで、「あら、桂子さん、私とパパは愛し合ってましたもの。家柄なんて何の障害にもならなかったわよ」などと少女チックにぽわんと顔を赤らめてしまうところだ。実際、駆け落ち同然で二人は結婚したらしい。

「桂子さん、学校なんてところは、気分のいい日に行けばいいんですよ」

子供のころに母から言われたことの中で、のちのちあれはヘンだったんだなと思うものはいろいろあるが、この台詞を聞いてもらえば、母がどれくらい世間とずれているのか分かってもらえると思う。

洗濯物を干し終えて部屋へ戻ると、狭い台所でトーストを焼いたらしい浩一が熱心にバターを塗っていた。

「オレンジジュース搾ろうか?」と私が声をかけると、「いいよ、牛乳で」と、自分で冷蔵庫からパックを取り出す。浩一はどんな飲み物でも必ずグラスやカップを使う。

「あ、そう言えば、昨日、尚純くんの彼女に会ったのよ」

私は洗濯カゴを抱えたまま、浩一と向き合った。1LDKのマンションに二人の荷物を詰め込んで暮らしているので、狭い台所になぜかしら自転車が置いてある。

「剛志叔父さんの店で?」

「そう。レイちゃんって、すごい美人。あ、そうか、浩一は会ったことあるよね」

「ああ。何度か家で」

「先週からHの広報で働いてるんだって」

「ふーん」

「ふーんって、Hの広報に入れるってすごいことなのよ」

「なんで?」

「なんでって、語学は堪能じゃなきゃ駄目だし、洋服のことだけ知ってたって駄目だし、要するに、抜群にセンスよくなきゃ務まらないんだから」

「洋服に詳しければいいんじゃないの?」

浩一はあまり興味がないようで、たっぷりとバターを塗ったトーストを立ったまま齧り始めた。

「甘いな。ショップの店員さんならそれでいいかもしれないけどね」

私はちょっと大げさにため息をつき、棚からコーヒー豆を取り出した。

「きのう、尚純も一緒だった?」

コーヒー豆を煎《い》っていると、浩一が訊いてくる。

「うん。バイトしてた」と私は答えた。

どれくらいおなかが減っているのかは知らないが、すでにトーストは立ったまま食べ終えたようで、シンクに落ちたパン屑を指で一カ所に集めている。

「私、尚純くんに話があって行ったのよ。ほら、同居の話」

セットしたメーカーからコーヒーの香りが立ちのぼる。窓から吹き込んでくる春風が、先日取り替えたカーテンを揺らしている。

「で、尚純、なんだって?」

「うん、最初はやっぱり渋ってたんだけど、ほら、レイちゃんとか、剛志叔父さんたちが応援してくれて、結局、一緒に暮らしてもいいって言ってくれた」

「あいつ、家を出てくとか言い出さなかった？」

「言ってた。でも、剛志叔父さんに、『うちには来るなよ』って先に言われて、すぐに諦めたみたい」

「あいつ、叔父さんのところに住もうとしてたんだ。相変わらず図々しいな。バイトして金貯めて、一人暮らしでもすりゃいいのに」

「あんな立派な家があるのにもったいないじゃない」

「しかし、なんで同居なんかしたがるんだよ、桂子も」

浩一がそう言いながら狭い台所を出て行こうとする。

「だから、何度も言うように、私はあの家が好きなの。あそこにいると、なんか理由は分からないけど、ほっとするんだもん」

「そうか？　騒々しいだけだぞ」

「そこがいいんじゃない。それに、このアパートに浩一と二人で住んでると、二人でお互いに一人暮らししてるみたいだし」

「二人でお互いに一人暮らし？」

これまでは同居したい理由をうまく説明できなかったが、そう言ってみると、たしかにそれが原因のようにも思えてくる。

私が同居の話を切り出したとき、お義母さんは手を叩いて喜んでくれた。実際、パチパチと手を叩き、つられた私まで、「ありがとうございます」と手を叩いたほどだ。その上、私が自分の仕事のこと、つまり出版社の編集という土日もないような仕事で、帰りが深夜になることもあるという話を切り出すと、「そんなの平気よ。絶対に桂子ちゃんは仕事を辞めちゃ駄目。私が応援してあげるから」と言ってくれた。

「まぁ、住んでみて、嫌になったらまたアパート借りてもいいしな」

なぜかしらまた台所に戻ってきた浩一が、グツグツと音を立てながら落ちてくるコーヒーを眺めながら言う。ただ、「飲む?」と尋ねると、「いや、俺はいい」と答える。

「ねぇ、今日、何か予定あるの?」と私は訊いた。

棚からカップを取り出すと、いつ割れたのか、飲み口の部分が欠けている。

「今日?　別に何も」

浩一がやっとコーヒーメーカーから離れて台所を出ていく。

「じゃあ、映画でも観に行かない?」

その背中に声をかけると、「え?　今日、仕事に出なくていいの?」と浩一が逆に訊き返してくる。

「うん。今日は久しぶりに丸々お休み」

「珍しいな。一ヶ月ぶりくらい？」

ちょうどそのとき玄関のチャイムが鳴った。インターホンに出ると、「バイク便で〜す」と元気のよい声がする。デザイナーからページのレイアウトが届いたらしい。

「おっと、仕事が追いかけてきた」

浩一が茶化しながら洗面所へ向かう。その背中に、「大丈夫。一時間もあれば終わるから午後から映画行きましょうよ」と私は言った。


やっとレイアウトのチェックを済ませ、会社で待機している部下に連絡を入れた。いつもより進行が早いので編集部の雰囲気もいいようだ。電話を切ると、ベッドに寝転んで私の仕事が終わるのを待っていた浩一に、「ごめ〜ん！　終わりました〜」と声をかけた。うたた寝でもしていたのか、「は〜い」と眠そうな声が返ってくる。

ただ、急いでテーブルに広げた書類をファイルに入れていると、部屋から出てきた浩一が新聞を持ってトイレに入ってしまった。

携帯ではなく家の電話が鳴り出したのはそのときだった。部下からかと思い、「はい？」と少し焦って電話を取ると、「あ、もしもし、桂子ちゃん？　俺だけど、田辺」とやけに能天気な声がする。

「ああ、田辺くん」と私は答えた。

「浩一いるかな?」

「いるよ。あ、でも、今トイレ」

「あ、そう。じゃあさ、出てきたらうちに電話くれるように言ってくれる」

「いいけど、なんか約束でもしてたの?」

「いや、約束はしてないいんだけど、今夜のチケットが手に入ってさ」

「チケットって、またボクシング?」

「いや、今日はそうじゃなくて、巨人戦」

「巨人戦? 珍しいじゃない。田辺くん、巨人ファンだったっけ?」

「そうじゃないんだけど、たまたまいい席が手に入っちゃって」

浩一の親友の田辺真彦から、こうやってとつぜん誘いの電話がかかってくるのは珍しいことではない。だいたい日曜日の昼間に電話があり、後楽園ホールにボクシング観戦に行ったり、市谷の釣り堀で一日糸を垂らしたりするらしい。その上、半年ほど前からは田辺が奥さんとうまくいっておらず、ほとんど毎週のようにかかってくる。

私は田辺からの電話を切ると、雑誌で映画の上映時間を調べた。まだ何を見に行くとも決めていなかったが、調べているうちにあれもこれも観たくなる。ただ、トイレを出てきた浩一には、「今、あんまりいい映画やってないみたいね」と言った。まだ着替えていないジャージ姿の浩一が、「あ、そう。じゃあ、やめる?」とあっさりと言う。

「なんかバタバタ観るのも、あれだし」

「バタバタ? なんで?」

浩一は椅子に座ると、積み上げていた原稿を興味なさそうにパラパラとめくった。

「今、田辺くんから電話あったよ」

「田辺から? なんだって?」

「なんかね、今夜の巨人戦のチケットがあるから、一緒に行かないかって」

「巨人戦? ……あ、あのコに断られたんだな」

「あのコって?」

「ほら、この前、教えたろ。あいつ最近、会社の若いコに入れあげてて。たしか、そのコが大の巨人ファンなんだよ。どうせあいつのことだから、見栄はっていい席取ったんだろうな」

浩一が何のよどみもなくそう言うので、「ねぇ、田辺くんのところって、もう本当に駄目そうなの?」と私は訊いた。

奥さんとうまくいっていないとは聞かされていたが、まだ別居や離婚という言葉は浩一の口から一度も出たことがない。

「さぁ、あいつが何も話さないから知らないけど、二人の間では、もう話はついてんじゃないかな。ただ、向こうの親がそれをどうにか引き延ばしてるような感じ」

「そうなの？　そんなに深刻になってたんだ」

「本人、ケロッとしてるけどな」

浩一はそう言うと、立ち上がって電話の前へ進んだ。受話器を上げ、実家にかけるときよりも速くダイヤルを押していく。

「ねぇ」

私はその背中に声をかけた。

「ん？」

受話器を耳にしたまま、浩一が振り返る。

「あのさ……」

言いかけたとき、田辺が電話に出たらしかった。浩一は私を無視して、「巨人戦のチケットなんかあるんだって？」と電話の向こうに話しかけた。

「はは。どうせそうだろうと思ったよ」

楽しそうな浩一の笑い声に、私は言いかけていた言葉を呑み込んだ。あのさ……、もし田辺くんが離婚したら、浩一、うれしい？

大学の同級生だった浩一と偶然再会したのは、すでに社会人になって七年目、現在副編集長を務めている雑誌に異動してきたばかりのころだった。ちょうどその夜、私は神楽坂のうどんすきのお店で歓迎会を開いてもらっていた。浩一とばったり顔を合わせたのは、その店のトイレの前だった。神楽坂にしては比較的大きな店で、二人共お揃いの草履を履いて個室から出てきていた。顔を合わせた瞬間、お互いに「あっ」と声を上げた。そして次の瞬間には、どちらからともなく「久しぶり！」と肩を叩き合ったのだ。

大学のころ、浩一とはたしかにクラスは同じだったが、特に親交があったわけではなかった。彼はいつも演劇部の人たちとつるんでいたし、私は私で友達の口車に乗せられてボート部のマネージャーなんかをやらされていたから、共通の友人もいなかった。

それがある日、ふとしたきっかけで親しくなったのだ。たしか翌週に卒業を控えた早い春の夜だったと思う。

当時、私はたちの悪い年上の男に引っかかっていた。と言うと、相手のほうがたちの悪い人間のようだが、二股三股当たり前の男と知りながら、それでも呼び出されれば喜んで出かけていたのだから、たちが悪かったのは相手の男だけではなかったのだろうと今では思っている。とにかく、その夜も私は彼に呼び出され、一緒に夕食を食べ、ビジネスホテルで数時間ほど過ごしたあと、「ごめん、これから仕事に戻らなきゃならないんだ」と（嘘か、本当か）彼に言われて、仕方なく身支度をしてホテルを出てきたばかりだった。

浩一と出会ったのは新宿駅のホームで、ホームは終電間際でごった返していたのだが、ベンチにぽつんと座っていた浩一だけが、何故かしらくっきりと風景の中に浮かんで見えた。

「大路くんだよね」と私はベンチの隣に腰かけた。

ベンチに座ってみると、自分がひどく疲れていることに気がついた。こちらに顔を向けた浩一も、「あ、尾崎さん」と力なく微笑んでくる。

それからしばらくの間、二人でホームに滑り込んできてはすぐに走り出していく電車をぼんやり眺めながら、「どこで飲んでたの？」とか、「就職どこに決まったの？」とか、どうでもいいような話を、ぽつりぽつりと続けていた。電車が入ってきても、お互いにベンチから立ち上がろうとしなかった。そして、お互いに立ち上がらない理由を訊こうともしなかった。

電車が走り込んでくる。酔った乗客たちが中に乗り込む。ぎゅうぎゅう詰めの電車が走り出すと、一瞬だけホームに二人きりになる。ただ、それも束の間で、一人二人とすぐに階段から誰かが現れる。

どれくらいベンチに座っていたのか、いよいよ別のホームから終電のアナウンスが聞こえてくるようになったころ、「実は今夜さ、俺、好きでもない人とヤッちゃったんだよね」と浩一が言った。その言い方が、とても哀しいことを無理にうれしそうに言っているようで、「へぇ、そうなんだ」と私もわざと興味なさそうなふりをした。

「そう、そうなんだ。飲み屋で声かけられて、誘われて、ホテルに行って……。終わってホテルから出てきたのがさっき。そんでホテルを出たとたんにさ、なんていうか、『ああ、そうか』って。『俺は、あいつとこういうことがしたかったんだなあ』なんて、好きなヤツのこと思い出しちゃったりして……」

浩一はまるで線路にでも話しかけるようにそう言った。

「……実はね、私も似たようなもんなの」

どうしてだろう、浩一の前だとすらすらと言葉が溢れ出てきた。

「私も今夜ね、一緒にいてくれるだけでいいのに、それが言えなくて、誘われるまんまホテルについてって、『ああ、やっぱりこの人は私のこと、好きじゃないんだなぁ』なんて思いながら、天井見つめてて……。そのホテルから出て来たのがさっき」

言い終えると、きょとんとした顔で浩一が私を見ていた。「プッ」と先に噴き出したのは浩一で、つられて私も噴き出した。

「それって、似てるって言うのかな」と浩一は笑った。

「立場は逆だけど、ホテルを出たときの気持ちはたぶん一緒よ」と私も笑った。

その夜、結局終電には乗らなかった。どちらが誘ったのか覚えていないが、私たちは始発が走り出すまで歌舞伎町のボウリング場にいた。ホームでの話には触れず、ただひたすら二人でストライクを狙っていたのだ。

翌週が卒業式だった。そしてそれ以来、神楽坂のうどんすきの店で再会するまで、七年も浩一とは一度も顔を合わせていなかった。

大路浩一の春

なんでこう嫌味なくらいに、田辺は楽しそうに笑うのだろう。お互いに興味もないから、神宮球場での巨人対ヤクルト戦はぬるいビールにうんざりして八回表で席を立った。飲み直そうと球場をあとにしたのだが、出口を間違え絵画館のほうへ出てしまい、仕方なく葉をつけはじめた銀杏並木を二人並んで青山通りのほうへ戻った。その間ずっと、田辺はスタンドで見かけた酔っぱらいや、ビール売りのお姉ちゃんの太ももなんかを茶化して笑い続けた。田辺の笑い声を聞いていると、「これでいいんだよな」と漠然と思う。何がこれでいいのか、そしてこれが一体なんなのかも分からない。

「なんか、お前と酒飲むとうまいんだよな。それも日本酒。やっぱお前の声が低いからかな。渋い声のヤツと日本酒飲むとうまいんだよ」

田辺は能天気にそう言って、切り子のおちょこに残った酒をあけた。飲み直そうと二人で入ったのは、青山通りにあるそば懐石の店だった。と言っても、居酒屋に毛が生えたような店なのだが、それでも新潟の地酒がほとんど揃っている。

「一緒にビール飲んでうまいヤツもいるんだよな、ほら、関谷って覚えてねぇ？　あいつとはビールなんだよ」

球場で飲んだビールですでに酔っているのか、田辺が箸でつまもうとした銀杏《ぎんなん》を落とす。

「関谷なんかとまだ飲んでんだ？」

酒の残量を調べるように、俺は片口を揺らした。

「たまにな、あいつほら、去年、離婚しただろ。だからいろいろと参考になるわけよ」

「ってことは、やっぱお前んとこも離婚？」

「あとは向こうの親が承諾するだけ。っていうか、結婚するときは、『まだ早いだの』なんだの最後まで反対してたくせに、今度は最後まで反対してんのがあいつらだからな。要するに、俺らのやることには全部反対なんだよ、きっと」

テーブルの皿を片付けにきたウェイトレスが、田辺が落とした銀杏をつまんで皿に戻して持っていく。その背中に、「すいません、これ、お代わり」と俺は声をかけた。

「この前なんて、いきなり雑誌を投げつけられてさ」

立ち去るウェイトレスの尻を眺めながら田辺が言う。

「雑誌?」

「そう。それも女性ファッション誌。お前、知ってるか、最近のあの手の本って、すげぇ分厚くて重いんだよ。それ、投げつけられてみろ。石なんかより痛いぞ。たぶん、あれだな、ああいう雑誌作ってんのって、どうせ女だろ。あれ、ファッション情報なんて言いながら、実は武器作ってんだよ。男に投げつける凶器。だから、あんなに分厚くて重くすんだよ」

にわかに信じられる話じゃないが、ふと思いついたらしい自説に満足して、「いや、そうだよ、きっと」と深くうなずく田辺を見ていると、実はこの説もまんざらではないのかもしれないと思えてきてしまうから不思議だ。

「で、なんで敦子ちゃんがお前に雑誌なんか投げつけたわけ?」

話が別方向に流れそうだったので、方向修正してやった。

「あ、そうそう。それなんだよ、なんか知らないけど、その雑誌に載ってたらしいんだ」

「何が?」

「だから、なんとかっていうその雑誌に、敦子の大学時代の親友でまなみとかいうヤツが載ってて」

「モデルで?」

「違うよ。モデルじゃなくて、『しあわせのかたち』とかいうコーナーがあって、そこで一般読者の結婚式とか新婚生活を紹介してんだよ。そこにそのまなみとかいうあいつの友達が載っていたの」

「敦子ちゃんの友達が雑誌に載ってて、なんでお前が雑誌投げつけられるんだよ？」

「だから、そこに書いてあったんだと、式はパークハイアットで挙げただの、旦那の母親からお茶を習ってるだの、ハワイにコンドミニアムを持ってて、正月は毎年そこで過ごすだの、そういうことが書かれてあったんだと。それが羨ましいのか、腹立たしいのかしらねぇけど、とにかく俺に当たるんだよ」

「コンドミニアム買えって？」

田辺が熱くなってきたので、冗談のつもりでそう言ったのだが、冗談が通じるような状態ではないようで、「俺にそんなもん買えるわけねぇだろ！」と、真顔で言い返してくる。

ちょうどウェイトレスが新しい片口を持ってきて、俺は田辺のおちょこに酒を注いでやった。

「……しかし、やっぱお前と酒飲むとうまいよな」

一口酒を舐めた田辺が、今度は今にも泣き出しそうな顔で言う。よほどコンドミニアムがこたえたのだろう。

閉店までねばって、青山通りでタクシーを拾ったときにはすでに二時半を回っていた。田辺は一人では立っていられないほど酔っており、タクシーを捕まえるまでガードレールに座らせていても、電柱に寄りかからせてやらないと後ろに倒れそうだった。

それでもやっと捕まえたタクシーに押し込むと、「運転手さん、あのね、この通りをまっすぐこいつんちまで！」などと機嫌の良い声を出す。酔っぱらい客など慣れている運転手が、「え？　どちらまで？」と無愛想に訊き返し、仕方なく、「すいません。茗荷谷のほうなんですけど」と謝った。「この通りをこいつんちまで！」と言ったきり、田辺はシートでこと切れたように眠ってしまった。こいつんちまで！　と言ったときに、パンと叩いた俺の太ももにその手を置いたまま。

眠り込んでいた田辺が、目を覚ましたのは外堀通りに入った辺りだった。ビクッとからだを震わせて目を覚まし、「もう着いた？」と気の早いことを言う。「まだだよ」と答えると、「じゃあ、着いたら起こしてよ」と、妙に子供っぽい言い方をして、そのまま眠るかと思いきや、タクシーの窓を開け、「あ〜、気持ちいいなぁ。春の風は気持ちがいい」といつになくロマンチックなことを言う。

「着いたら起こしてやるよ」と俺は言った。すると、「あ、うん」と窓から顔を出したまま頷いた田辺が、「なぁ、今日、お前んちに泊めてくんねぇかな」と心細い声を出す。

「うち？」

「ソファでいいからさ」

重い女性誌を投げつけてくる妻が待つアパートに、こんな時間に帰りたくない気持ちは分かる。

「でも、桂子がもう寝てるよ」

「だから、そっと入って寝るからさ」

シートに座り直した田辺が、「頼むよ」と拝むように手を合わせる。仕方なく俺は、分かったよと呟いた。

アパート前でタクシーを降りると、酔った田辺がその場で「シー」と指で口を押さえ、足音を立てないように歩き出した。自分では真面目にやっているつもりらしいが、傍で見ていると馬鹿馬鹿しくて付き合いきれない。「まだ、いいよ」と俺は笑った。それでも酔った田辺は、足音を立てないようにマンションのエントランスへと入っていく。

エレベーターで三階へ上がって、なるべく音を立てないように鍵を開けた。やはり桂子は寝ているようで、すでに居間の電気も消してある。

「おじゃまします」

囁《ささや》くように田辺が言い、ふらふらしながら靴を脱ぐ。

「なんか、緊張すんな」

そう言って田辺が噴き出すので、慌ててその口を俺は押さえた。居間の電気をつけると、田辺はなぜかしら靴下だけ脱いでさっそくソファに寝転んだ。

「明日、朝一で帰るからさ、朝一で……」

言いながらほとんど眠りに落ちかけている。クローゼットから毛布と枕を出して、ソファに投げてやった。腹の上にのった毛布を、田辺がまるでひっくり返った虫のように手足を動かして器用に広げる。

「俺、行くぞ」

声をかけてみるが、もう寝息しか返ってこない。俺は居間の電気を消した。

考えてみれば、高校のころから田辺はよくうちの実家に泊まりに来ていた。浦安の団地で父親と二人暮らしだったせいもあるのだろうが、週末はほとんどと言っていいほど小日向にあるうちの実家に泊まっていた。日ごろは父親と二人で弁当を食べることが多いと言っていたせいか、うちで食べる母の手料理に喜んで、「こういう風に食べてくれると、お母さんも作り甲斐があるのよ」などと逆に母を喜ばせていた。

あれは大学を卒業するちょっと前だったか、やはり田辺がとつぜん泊まりに来た日があった。なんでも当時付き合っていた女にふられたらしく、来たときにはすでにかなり酔っていたのだが、それでも部屋で飲み直そうと言うので、親父のヘネシーをくすねて二階へ上がった。しかし、グラスや氷を用意しているうちに、田辺は俺のベッドで眠り込んでいた。いつの間に脱いだのか、パンツ一枚で大の字になり、気持ち良さそうに深い寝息を立てていた。そういえば、桂子と久しぶりに再会したのがこの夜だ。

しばらくの間、俺は眠り込んだ田辺の横で親父のヘネシーを一人で飲んでいた。ただ、なんというか、まさに居たたまれなくなって、ふらりと新宿へと向かい、見知らぬオヤジに声をかけられ、生まれて初めて男とホテルに行ったのだ。あの晩、新宿駅のホームで会った桂子と朝までボウリングをした。無心で重いボールを投げていると、何をしても消えなかったもやもやが、ピンの弾ける音と一緒にどこかへ飛んでいきそうだった。

翌朝、目を覚ましてリビングに向かうと、すでに田辺の姿はソファになかった。昨夜、クローゼットから出してやった毛布は、ソファの上にきちんと畳まれている。突っ立ったままソファの毛布を見下ろしていると、「もう、帰ったよ」と桂子が台所から顔を出した。

「ごめん、酔っぱらっててさ」と俺は謝った。

「起こしてくれればいいのに。目が覚めてここに来たとき、誰か寝てるからびっくりしちゃったじゃない」

コーヒーカップを手に台所から出てきた桂子は、それほど怒っているようには見えなかった。

「起こすのも悪いなと思って」

「さっき、帰ったのよ。浩一、起こそうかって言ったんだけど」

「二日酔いだったろ?」

「ううん。けっこう平気そうだったよ。なんか作ろうかって言ったんだけど、コーヒーだけ飲んで帰っちゃった。浩一に謝っといてくれって」

「謝るって何を?」

「さぁ? 無理やり泊めてもらったとか言ってたからそのことじゃないの」

桂子はそう言いながら、コーヒーカップを持って寝室へと姿を消した。田辺が畳んだ毛布の上に腰を下ろしてあくびをしていると、寝室のカーテンを開ける音が聞こえる。ドアは閉まっていたが、暗い寝室にさっと朝日が差し込む様子が目に浮かぶ。

「あ、そうだ。明日の夜、時間ある?」

ドアの向こうから聞こえてきた桂子の声に、「なんで?」と俺は叫び返した。

「言うの忘れてたんだけど、明日の夜、新しい男性ファッション誌の創刊記念パーティーがあるのよ。それでもし時間あれば浩一もちょっと顔出さないかなと思って……」

ドアが開き、やはりコーヒーカップを持った桂子が戻ってくる。

「……さっき、田辺くんも誘ったら、大丈夫だって」

「田辺も？」

桂子と話しながら、尻の下に手を突っ込んだ。何か尻に刺さっているような気がしたのだが、出てきたのは田辺のキーホルダーだった。

「何、それ？」

桂子が近寄ってくるので、「馬鹿だよな、こんなの忘れてってるよ」とそのキーホルダーを差し出した。

「鍵、忘れたら、家に入れないじゃない」

「奥さんがいるから大丈夫だろ」

「でも、なんかいっぱいついてない？　会社の鍵とかじゃないの？」

「必要なら取りにくるよ」

俺はぞんざいに田辺のキーホルダーをテーブルに投げた。

「あ、そうそう、明日のパーティー、たぶん尚純くんとレイちゃんも来るよ」

桂子が台所に向かいながら言う。「あいつらまで誘ったの？」とその背中に尋ねると、「何、言ってんのよ、レイちゃんの会社、そういう雑誌の大クライアントじゃない」と桂子が呆れたように振り返る。

「あ、そうか。でも、なんで尚純まで?」

「この前、剛志叔父さんの店でその話になって、レイちゃんが誘ったのよ。『彼女がどういう風に働いてるのか、気にならないの』って、半ば強制的に」

「ふーん」と答えて、ソファから立ち上がった。立ち上がった瞬間、俺たちの同居に反対して、真っ赤な顔で抗議する尚純の顔がふと浮かぶ。

「ねぇ、尚純くんのことを、本当の兄弟じゃないって思うことある?」

自分と尚純が実の兄弟ではないと初めて桂子に告げたとき、彼女はすぐにそう訊いてきた。もちろん、「そんなことないよ。もう二十年も一緒に住んでんだぞ」と答えはしたが、心の中では、「未だにあいつと二人きりでいると、気を遣うことがあるんだよな」と呟いていた。

正確には尚純は俺の従弟《いとこ》に当たる。尚純の実母が俺のおふくろの妹で、尚純が二歳になったばかりのころに亡くなった。そこでうちのおふくろと親父が尚純を引き取ったのだ。尚純の実母は彼を未婚で産み、どんな理由があるのか知らないが、誰にもその父親の名を明かさなかったらしい。

乳母車に乗せられて尚純が初めてうちに来たときのことを、俺は今でもはっきりと覚えている。たしか八つになったばかりのころだ。「ほら、お前の弟だぞ」と、とつぜん親父に尚純を抱くように言われ、なぜかしらひどく怯《おび》えてしまって、「いらない！」と逃げ出したのだ。

その数日前に尚純の実母の葬式でその死に顔を見せられていた。真っ青で、冷たくて、ただ恐ろしかった。どう説明すればいいのか分からないが、当時、尚純がうちへ来たら、自分の母親までああなってしまうんじゃないかと思っていたのかもしれない。

その尚純本人が出生の秘密を知ったのは、彼が十五歳になった年だ。未だに俺はその夜のことを思い出すことがある。

子供のころは、毎年誕生日になると親父がケーキを買ってきていたのだが、思春期を迎えていたこともあって、その夜、部活から戻った尚純は自分の誕生ケーキを食べようともせず、いつものように二階へ上がろうとした。

「おい、ちょっと話があるんだ」

その背中に親父が声をかけたとき、たしか尚純は、「明日でもいいだろ」と面倒臭そうに答えたように思う。ただ、すかさずおふくろが、「いいから、ちょっとここに座って」と言った。

どうせまた学校で何かしでかして叱られるのだろうと思い、俺が席を立とうとすると、「お前もいろ」と親父に肩を摑まれた。その声色で、これから何が話されるのかが分かった。

正直なところ、その瞬間、ほっとしたのかもしれない。これで十数年ずっと胸につかえていたものが、やっと取れるのだと。

幼いころから尚純と兄弟喧嘩をするたびに、「お前は本当の弟じゃない」という言葉がつい口から出そうになって困った。一度や二度は、ついぽろっと言ったこともある。ただ、「ほんと?」と目を潤ませる尚純を見ると、「ああ、ほんと、ほんと」と、投げやりに真実を告げることで、それを嘘だと思わせていた。

その夜、親父たちに呼び止められて面倒臭そうに食卓についた尚純は、テーブルに置かれた誕生ケーキを指ですくって一口食べた。その指が口からすっと抜かれた瞬間だった。親父は単刀直入に、その話を切り出した。

よほど事前に夫婦で練習していたと見えて、「……だから、尚純の本当のお母さんは、お母さんがこの世で一番好きだった人なのよ」などと、要所要所に口を挟むおふくろの合いの手の入れ方が絶妙だった。

正直、居たたまれなかった。親父たちの話が進むにつれて、もうケーキに手を伸ばさなくなった尚純が、ちらちらと救いを求めるように俺を見る。途中、尚純がとつぜんこの場を飛び出していくんじゃないかと何度も思った。ただ、尚純は最後まで親父たちの話をそこでじっと聞いていた。

残酷な話が終わると、尚純は親父、おふくろ、俺の順番で、それぞれの目を見つめた。そしてしばらく俯《うつむ》いていたかと思うと、「……分かった」とだけ呟いて、そのまま二階へと姿を消した。これまで何の疑いも持たずに、父親であり、母親であり、兄貴であると信じてきた者たちを置いて、たった一人で二階へ上がって行ったのだ。

二階へ上がっていく尚純を、おふくろは呼び止めようとした。しかし親父が、「放っといてやれ。あいつなら大丈夫だ」とたしなめた。

その夜、部屋に閉じこもっていた尚純が、ふらっと俺の部屋に来たのは、深夜一時を回ったころだった。すでにベッドに入っていた俺は、ノックもせずにすっと開いたドアの向こうに立つ尚純を見た瞬間、思わず身構えたように思う。

「もう寝てる?」と尚純は言った。

「いや」と俺が答えると、黙って部屋の中に足を踏み入れた。

枕元の電気をつけると、「兄貴、いつから知ってた?」と訊かれた。

「お前が乳母車に乗って、ここに来た日から」と俺は素直に答えた。

「ずっと黙ってたんだな」と尚純は言った。

「黙ってたんじゃなくて、忘れてた」

自分でも不思議なくらい、自然と口から嘘がこぼれた。

尚純はしばらく暗闇の中に立っていたが、もう何も言わなかった。何も言わずに、そのまま部屋を出て行った。

夏

新堂レイの夏

「あ〜、マジ気味悪ぃ。あ〜、もう、マジで気持ち悪ぃ」

ドアを開け放った洗面所から大げさな尚純の声が聞こえて、「いい加減にしなさいよ。別に唇を奪われたわけじゃないでしょ」と私は笑った。自分の言葉に自分で笑うのもかっこ悪いが、公園から走って逃げ出したという尚純の姿を想像すると、いくら堪えても笑いがこみ上げてくる。

「あ〜、もう！」

洗面所から出てきた尚純が、タオルで濡れた手を拭きながら身震いする。

「大げさねぇ」

私はその手からタオルを奪い、尚純のお尻を叩いた。少し濡れていたせいか、タオルが鞭《むち》のように撓《しな》ってパコンと乾いた音を立てる。

さっきエアコンの設定温度についてちょっとした口喧嘩になったあと、機嫌をそこねた尚純が、「俺、ちょっと散歩してくるよ」と部屋を出て行ったのが三十分ほど前だった。一時間くらいぶらぶらしてくるのだろうと思っていたが、つい五分前、出て行ったときよりも不機嫌な顔をして戻ってきた。玄関から入ってくるなり、「あ〜、もう、気味悪ぃ！」と身震いするので、「何？ どうしたの？」と尋ねると、改めて身震いした尚純が、「あ〜、マジで気味悪ぃ」と奥歯を嚙む。

よほど慌てて帰ってきたのか、額に汗が浮いていた。まだ蒸し暑い公園の夜気を身にまとってきたように、そばに立つと尚純の体温まで感じられる。

話によれば、尚純はアパート前の自動販売機でお茶を買って、すぐそこにある公園に入ったらしい。ベンチでタバコに火をつけると、どこからともなく年配の男が現れて、「あの、火を貸してもらえないかな？」と声をかけてきたという。

火を貸すと、男はちょこんと尚純の隣に座った。「夜になっても、まだまだ暑いねぇ」「そうですねぇ」「雨でも降りゃ、いいんだけどね」「いや、ほんとに」最初はそんな会話だったらしい。それが次第に、「暑いと眠れないでしょ？ お兄さん、若いからカッカしちゃって」などと男が言い出すようになり、それでも呑気な尚純が、「いやぁ、ほんとっすよ」などと話を合わせていると、とつぜんピタッと男の手が尚純の太ももにのせられたらしい。ただ、そこで気づけばいいものを、やけにフレンドリーなオッサンだなと、呑気な尚純は思っていたという。

しかし、なかなかその手をどけてくれない。その上、徐々にその手が股間のほうへ上がってくる。そこでやっと尚純はベンチから飛び上がり、一目散にここまで逃げてきたという。

「そりゃ、太ももに手を置かれたまま若いコにモジモジされたら、向こうはＯＫの返事だと思うわよ」

私は、まだ「思い出し身震い」している尚純をからかった。だが、本人は大真面目なようで、「ああいうの、絶対によくねぇよ。トラウマになるよ、トラウマに！」と、誰にともなく抗議を続ける。

「まったく、尚純ってゲイの友達とかいないわけ？」

「い、いないよ！　そんなの。気持ち悪い」

「あ、尚純って、そういう差別するんだ」

「するよ！」

胸を張って尚純が宣言するものだから、私は呆れて反論する気にもなれなかった。仕事柄、私はその手の人たちには慣れているし、彼らに対して特別な関心があるわけでもない。ただ、こうあからさまに差別されると、さすがに知り合いのスタイリスト、りんごちゃんが不憫にも思えてくる。

よほど大量の冷や汗でもかいてきたのか、またエアコンの風量を「強」にした尚純が、エアコンの真下に立ち、はだけたシャツに風をバタバタと孕ませる。言いたかないが、こういう姿を見ていると、大学生って呑気でいいなぁと改めて思う。ついこの間まで自分もこういう身分だったことがにわかには信じられないほどだ。

「あ〜あ、ほんとに仕事辞めちゃおうかなぁ。本当にもう限界」

つい弱音を吐いてしまい、私は仁王立ちした尚純の足元に寝そべった。とつぜん股の間にゅっと伸びてきた私のからだを、冷風を浴びながら尚純が馬鹿にしたように見下ろす。ここ最近、毎日のようにこうやって愚痴をこぼしているのだから、何かしらねぎらいの言葉でもかけてくれればいいものを、尚純は足で私を踏みつける真似をする。

「なんで踏むのよ!」

その足にしがみつくと、「お前の泣き言、マジで聞き飽きたよ」と尚純が言う。尚純が聞き飽きようが聞き飽きまいが、限界なのは限界なのだから仕方がない。

「またエリザベス西田にいじめられたわけ?」

足にしがみついた私をふり払おうと、尚純が大きく足を動かすものだから、床から背中が浮き、またドタッと床に落ちる。

いつの頃からか、尚純は私の教育係の西田江里子を「エリザベス西田」と呼んでいる。私としては真剣に彼女の横暴な態度を批難しているのだが、私が目くじらを立てれば立てるほど尚純には面白い話になるらしい。

「私が何やっても、気にいらないみたいなのよね」

「お前が気に入らないことしてんじゃねぇの？」

しつこく足にまとわりつく私もろとも、尚純がベッドのほうに引きずって歩き出す。しがみついた自分のからだが、ズルッ、ズルッと辺りのティッシュやクッションをからめとりながら引きずられていく。

「なぁ、何やってんだよ？」

いい加減呆れたらしく、尚純が冷静な声で言う。何か言い返そうとしたのだが、そのときふと、「彼氏の足にしがみついて引きずられてるようだから、いつまでたっても仕事覚えないのよ」という意味不明なエリザベス西田の声が聞こえて、その瞬間、胸に抱え込んでいた尚純の足が抜けた。

あ〜あ、また明日から一週間が始まる。始まった一週間が、ちゃんと一週間で終わってくれれば文句はないが、土曜、日曜と休日出勤が重なれば、一週間はぜんぜん一週間で終わらない。

翌日、ミーティングなど外回りの仕事を終えて銀座のオフィスに戻ったのは、夕方四時すぎだった。そのまま休む暇もなく、来月発売される女性誌のタイアップ企画の写真をチェックし、週末に届いている大量のメールを確認し、早急な返事を要するものには随時レスポンス、中には時候の挨拶を必要とするような人もいて、一時間、二時間はあっという間に過ぎてしまう。

社長室の隣にある広報企画部には、六名の社員が常勤している。たとえば主任の宮本さんは二年ほど前に、ロンドンのハロッズから引き抜かれてきたらしい。他にもダイムラー・クライスラーで働いていた者、某有名美術館で学芸員をやっていた者など経歴は多彩で、とにかくそのほとんどが、錚々《そうそう》たる企業からの中途採用または引き抜きでこの会社にきており、新卒でこの部へ入社した者は私しかいない。

メール返信を一段落させて、自分用にコーヒーを淹《い》れていると、廊下を歩いてくる社長の姿が見えた。

「あ、社長、すいません」

慌てて声をかけ、廊下へ飛び出した。

「忘れものしちゃったよ、忘れもの」

ラインの奇麗なタキシードを着込んだ社長が、そう言いながら社長室へと駆け込んで行く。

「ル・モンドの取材、十九日で大丈夫だそうです。三時にパークハイアットに部屋を押さえましたから」

社長を追いながら、私は早口で告げた。ここで報告して置かないと、またいつ会えるか分からない。

机の引き出しを開けて、何やら引っ張り出していた社長が、「ああ、分かった。十九日だな」と答えたあと、「え？ ル・モンド？」と驚いたように顔を上げる。

「そうですよ。この前、話したじゃないですか。ほら、MODE2004って欄で、日本を特集するからって」

「ああ、あれか」

社長はやっと取材内容を思い出したらしく、また引き出しの中を探し始めた。

背の高い社長には、黒いタキシードがよく似合う。タキシードというものは、普通に立っているときには誰にでも似合うように作られているのだろうが、その真価が問われるのは、このように上半身を屈《かが》めて何かを拾うような動作をしたときなのかもしれない。その点、うちの社長はいい線いっているような気がする。

「どうだ、仕事は慣れたか？」

首を傾げて社長のお尻を眺めていると、社長にとつぜんそう訊かれた。

「え？　仕事ですか？」

「そろそろ三ヶ月だろ」

「正直なところ、いろんなことが目まぐるしく動いてるだけで、自分が慣れたのかどうかも分かりませんよ」

素直にそう答えると、やっと探していたものを見つけ出したらしい社長がすっとからだを起こし、「仕事に追われちゃ駄目だよ。逆に、仕事を追わないと」と笑いかけてくる。

「簡単に言いますね」と私も笑った。

「僕はね、残業なんかしてほしくて君を選んだわけじゃないからね。残業する暇があったら、映画でも芝居でも展覧会でもなんでもいいから、そういうものを見て回らないと」

「分かってますよ。分かってはいるんですけど……」

エリザベス西田が社長室を突っ切ってしまいそうな勢いで部屋の中に駆け込んできたのはそのときだった。

「あれ、社長、まだ出かけてなかったんですか！」

エリザベス西田は相手が社長といえども容赦がない。

「すぐ出るよ。ちょっと、忘れものして」

社長の言い訳を聞きながらもエリザベスは腕時計を見て、パーティー会場までの時間を計算したらしく、「十五分ほど遅れますって、私のほうから連絡入れておきますから」と早口で捲し立てた。

「えっと、それから、あ、そうそう、新堂さん」

いきなり矛先が私に向かい、エリザベスが睨みつけてくる。この人に名前を呼ばれると、思わず反射的に謝ってしまいそうになる。

「秋の個展企画に、早乙女春暁を呼ぶなんて書いて出したのあなた？」

エリザベスがそう言って詰め寄ってくる。我が社はアパレルメーカーながら、銀座の一等地に立派なギャラリーを持っている。正直なところ、下手な美術館なんかよりは、よほど洗練された展覧会を毎回開いており、海外のメディアからの問い合わせも多い。

「え、はい。私です。……な、何か不備な点でも？」

「不備な点って……、あなた……」

エリザベスがため息をつき、パンプスの先でコンコンと床を蹴る。

「早乙女春暁なんて、本気で呼べると思ってるわけ？」

「いや、あの、呼べればいいなと……」

「早乙女春暁を呼ぶくらいなら、ゴダールを呼ぶほうがまだ簡単よ」

エリザベスが呆れ切ったようにため息をつく。

早乙女春暁というのは生け花界の大家で、美しい花を生けるというよりは、腐りかけた花びらをクリスタルの花瓶につめたり、腐乱の美学を追求している芸術家だ。どちらかというと日本よりも海外での評価が高い。

「とにかく時間ないんだから、実現しそうな企画出してよね。交渉に時間だけ取られて、結果、実現しませんでしたじゃ、どうにもならないんだから。いい?」

エリザベスに捲し立てられ、思わず、「はい」と答えそうになったとき、横で話を聞いていた社長が、「早乙女春暁、いい選択だよ」と声をかけてきた。

「だって、社長。どう考えたって無理じゃないですか? そりゃ、うちで企画して個展が開ければ画期的ですけど」

「とにかく、やる前から諦めるのはもったいないよ。この企画出したの、新堂くんなんだろ?」

とつぜん社長の視線がこちらに向けられ、「え、はい」と私は頷いた。

「だったら、この企画、とにかく一度、新堂くんに任せてみれば」

社長が穏やかな笑みを浮かべて私を見ている。

「でも、社長……」

振り返らなくても、背中にエリザベスの鋭い視線が突き刺さっているのが分かる。

さすがにこれ以上、ぐずぐずしているわけにはいかなかったのか、「とにかく、今回は新堂くんに任せてみようよ」と社長が無責任なことを言って足早に部屋を出ていく。

気がつけば、社長室にエリザベスと二人。何を言われるのかと身構えていたのだが、エリザベスは「ふー」と大げさに息を吐くと、そのまま私だけを残して部屋を出ていった。

あ、ちょっと……。

思わず声が出てしまう。企画書を出せと言われて、最初に思いついたのが早乙女春暁の名前だった。もちろん彼の作品は大好きだが、あとは任せたと言われたところで彼に繋がる伝手《つて》などない。

どうしよう……。いや、ほんとにどうしよう……。

その日、桂子から電話がかかってきたのは夜の九時ごろだった。「今、銀座にいるんだけど、もし晩ごはんまだだったら一緒にどう？」という誘いで、昼にサンドイッチをひとかけら食べただけだったので、誘われた瞬間にグゥーとおなかが鳴った。それから三十分ほどで仕事に切りをつけ、待ち合わせたイタリアンレストランへ向かった。

桂子とは最近よく一緒に食事をする。初めて会ったのは剛志叔父さんの店だったが、その後もお互いの仕事柄、いろんなパーティーで顔を合わせることも多く、また会社が近いこともあって、いつの間にか残業中の抜け出し仲間になっている。

レストランに着くと、すでに桂子は席にいて、いつものようにペリエを飲んでいた。

「すいません、この前は。ほんとに助かりました」

拝むように手を合わせて私が近寄っていくと、「平気、平気。あの先生には貸しがあったから」と桂子が笑顔を浮かべる。

つい先日、我が社が催した美術展のため、ある有名な大学教授にコメントを頼んだのだが、受け取ったそのコメントがあまりにもつまらなくて、つい「もうちょっと違う角度からのコメントをお願いできませんか」と原稿を突き返してしまったのだ。これが教授の逆鱗《げきりん》に触れてしまい、エリザベスからは怒られるし、教授を紹介してくれた出版社の人からは泣きが入るし大変な目に遭った。そこをうまく取り持ってくれたのが桂子だった。

「だって、ほんとにつまんなかったんですよ、そのコメント」

まだ怒りが収まらずに私が言うと、「まぁ、まぁ」とそれを制した桂子がメニューを広げてくれる。

「それより、どうですか、同居」と私はメニューを受け取りながら尋ねた。

桂子たちが尚純の実家で同居するようになってすでに一ヶ月ほど経っているはずだが、当の尚純に訊いても、「別に」と答えるだけで詳細を教えてくれない。

「お義母さんに甘えちゃってるけど、ほんと快適」

桂子がペリエを一口飲んで微笑む。

「あそこのお母さん、嫌味のない感じですもんね」

実際、何度か遊びに行ったことはあるが、「二階でイチャイチャし終えたら、下にケーキあるから降りて来なさいよ」などと声をかけてくるサバサバした母親なのだ。

「ただねぇ、まだ尚純くんだけ、相変わらずブスッとしてるけど」

「尚純なんて、放っておけばいいんですよ」

「そうはいかないわよ」

「あれね、たぶん照れてるんですよ。家に桂子さんみたいな女性がいるんで、実際、どこ見ていいのか分からないんじゃないかな」

私はそう言うと、厨房の前でぼんやりと突っ立っているウェイターを呼びつけ、「えっと、これと、これと、あと、これも」とメニューの上に次々と指を置いた。その様子を眺めていた桂子が、「すごい食欲ねぇ」と笑う。私はパタンとメニューを閉じ、「実はちょっと嫌なことあって」と、早乙女春暁の一件を報告した。

桂子とレストラン前で別れたのは、午後十一時過ぎだった。てっきり帰宅すると思っていたのだが、桂子もまた、会社に仕事を残したまま食事に出て来ていたらしく、「それにしても、銀座で食事した女が二人、十一時から仕事に戻るってねぇ」と呟きながらも、お互いにまだ元気な足取りで横断歩道を渡った。

渡ったところで桂子と別れると、私はその場で大きく伸びをした。ずらっと並んでいるタクシーの運転手がそんな私をちらっと見て、にこっと微笑む。真夏の銀座の夜はちょうど夏祭りが終わったあとのような、どこか牧歌的な雰囲気がある。

今日は改まった打ち合わせがなかったので、自社のシャツは着てこなかったが、基本的に我が社では出勤時には自社服が義務づけられている。ただ、一着数十万円もするジャケットや、軽く十万円を超えるシャツを、いくら社員割引があるからとはいえ、そうそう新入社員が買えるわけもなく、日ごろは色柄豊富な自社のスカーフでごまかしてしまうことも多い。もちろんスカーフ一枚にしたって、簡単に手の出る値段はついていない。この会社で働くようになって、いわゆる一流の品物に囲まれて仕事をするようになったのだが、元は千葉の田舎のヤンキーながら、一つだけ気づいたことがある。

本当にいいもの、たとえば本当にいいシャツだとか、スカーフだとか、靴だとか、グラスだとかは、ある一瞬を、それを身につけているかいないかで、劇的に変えてくれるのだ。もちろんブランド崇拝をしたいわけではない。ただ、たとえば街角で、ふっとスカーフが風に飛ばされたとして、それがエルメスのスカーフだったか、それとも近所で買ったスカーフだったかでは、印象は大きく違う。ファッションというのは、誰かに見せるためのものではなくて、まずは自分に見せるものなのだと思う。そして誰よりも自分を見ているはずの自分に、本当にいいものを身につけさせてやることは、決して無駄なことではないような気がする。

会社に向かう道すがら、そんなことを考えながら歩いていると、パンプスの踵で排水溝のふたの凹みを踏んでしまった。思わず、「きゃっ」と声を上げて、横にあったガードレールを摑んだのだが、運良く周囲に人はいなかった。私は素知らぬ顔で体勢を戻して歩き出した。

そして、『そうなのよ、こういうときに、もし上質なサテンのシャツを着ていれば、柔らかなシャツはきっと優雅に波打ってくれるのよね』などとまるで自分に言い聞かせるように呟いた。

大路尚純の夏

「尚純く〜ん、お風呂入るんだったら、先にいいよ〜」

階段の下から桂子の声がする。やはりおふくろが言うように、この家は人の声がよく通るように設計されているのかもしれない。でなければ、同居を始めてまだ一ヶ月足らずの桂子の声が、こんなにもおふくろの声に似てくるわけがない。

ベッドに寝転び、天井に向かってバスケットボールを投げていた俺は、それでも「は〜い」と元気に叫び返した。ちょうど天井から落ちてきたボールが腹に当たってボクッと小気味いい音を立てる。

ベッドから起き上がろうとすると、返事をしたにもかかわらず桂子が階段を駆け上がってきた。そのまま隣室の自分たちの部屋へ入るかと思いきや、コンコンと短くノックして俺の返事も待たずにドアを開ける。ここ最近、ますますノックからドアを開けるまでの間隔が短くなっている。今にノックと同時にドアが開くようになり、果てはおふくろ方式で、まずドアを開けてから、申し訳程度に後ろ手でノックするようになりかねない。

「ねぇ、今度の週末、レイちゃんに会う？」

ドアの隙間からぬっと顔を出してきた桂子が訊くので、「いや、たぶん会わないと思うけど、なんで？」と俺は訊き返した。腹にのせていたバスケットボールが、声を出したせいで腹から落ちる。

「もし会うんだったら、ちょっと伝えてほしいことがあって」

「今、あいつたしか京都出張中だと思うけど」

「京都？」

「明日の朝には帰ってくるって言ってたけど、明日は俺が日払いバイトだし」

「尚純くん、明日バイトなんだ？　起こしてあげようか？　早いんでしょ？」

「い、いいよ。自分で起きられるよ」

「ほんと？　大丈夫？」

桂子が真っすぐにこちらを見つめるので、その視線から逃れるように俺はベッドから起き出した。

「それより、何？　レイに伝えてほしいことって」

抱えていたバスケットボールを指先で回しながら訊くと、「えっと、早乙女春暁のことなんだけど、マネージャーと連絡が取れて、一度会うだけは会えることになったからって伝えてほしいのよ」と、部屋に入ってきた桂子が俺の指先からバスケットボールを奪って答える。

「早乙女春暁？」と俺は首を傾げた。

「知ってる？　生け花アーティスト。今年八十歳くらいのおじいちゃん」

「知らないな」

「とにかく、そう伝えてくれれば、レイちゃん分かるから」

「携帯に連絡すればいいのに」

「うん、そうも思ったんだけど、別に急ぐ話でもないし」

桂子はそれだけ言うと、俺の胸にバスケットボールを押しつけて部屋を出て行った。すぐに階段を降りて行く足音が聞こえ、途中、「尚純くん、お風呂入ってね、お風呂！」と叫ぶ声がする。

兄貴夫婦の同居は、ある意味、いつの間にか始まっていた。これまで別々に暮らしていた者同士が、ある日とつぜん同じ屋根の下で暮らすようになるのだから、大きな変化になるのだろうと覚悟はしていたのだが、実際はそうでもなかった。

最近の引っ越しは梱包から何からすべてパック料金になっている。要するに、本人がいなくても、引っ越しができてしまうのだ。

ひと月ほど前の日曜日、兄貴と桂子の荷物が届いた。いちおう手伝おうとおふくろや親父たちも自宅で待機していたのだが、若い作業員たちの中に親父が入ったところで足手まといにしかならない。一方おふくろのほうも荷物の整理くらいはできるだろうと雑巾片手に待っていたのだが、こちらもやはり専属の女性スタッフがおり、「お母様、ここは私たちで拭きますので」「お母様、この洋服は私たちでタンスへ入れますので」と丁重に邪慳にされ、夕方には両親そろって銀座へ遊びに出かけてしまった。

おふくろと親父が戻ったころには、すでに引っ越しも完了していた。入れ替わりに兄貴と桂子が食事に出かけ、そのあとを追うように俺も剛志叔父さんの店へバイトに行った。

翌月曜日、十一時ごろに起き出して一階へ降りていくと、すでに兄貴と桂子は仕事へ出たあとで、いつものようにおふくろが居間でテレビを見ていた。「これから学校？」と訊くので、「うん」と答えると、「今夜、浩一たちとそこの『鮨昴』に行くけど、あんたも来る？」と言う。俺は、「いいよ」と断って便所に入った。

大きな変化などどこにもなかった。日々の生活に区切りというものはないのかもしれない。

友人の秋津と待ち合わせた田端駅に着いたのは午前五時半だった。実入りの良い日払いバイトがあるというので、半ば強引に誘われて登録したのだが、田端の駅前からワゴン車に詰め込まれて連れて行かれたのは、千葉県の港湾地区にある巨大な冷凍倉庫だった。

日を浴びた駐車場で手渡された防寒具に着替えていると、「お前、就職どうすんの？」と秋津が興味なさそうに訊いてくる。

「就職なぁ……。そろそろ動かないとまずいんだろうけど、あ、そうそう、谷口とか橋本とか、もうけっこうOB訪問やってるらしいぞ。お前、やってねぇの？」

早朝とはいえ、日差しは強く、裏地の厚い防寒着を手にしただけで、どっと汗が吹き出してくる。

「ぜ〜んぜん。あいつらどの辺、回ってんの？」と秋津が訊いてくる。

綿のたっぷり入った防寒着を着込むと、前に着たヤツの汗が臭う。

「マスコミだろ、どうせ」と俺は答えた。

「マスコミなぁ……。俺、金貯めて、しばらく放浪の旅にでも出ようかと思っててさ」

「放浪の旅？」

「ほら、アジアとかさ、いろんなところ回って……」

「回ってどうすんだよ？」

「いや、どうもしないけどさ」

秋津が真剣に考えていると思った俺が馬鹿だった。

着替え終わると、少し離れた倉庫のほうから笛で呼ばれた。駐車場で「暑い、暑い」と不平を漏らしながら着替えた男たちが、着膨れした姿で笛の鳴ったほうへ歩き出す。

「そういや、お前の彼女、Hの広報なんだよな?」

前を歩く秋津が振り返る。分厚い防寒具のせいで、月の上を歩いているように見える。

「……あ〜あ、フランス語とまでは言わねぇけど、さすがに英語ぐらいもうちょっと勉強しとけばよかったよなぁ」

秋津がさほど後悔もしていないくせに大げさにため息をつく。駐車場を横切っただけで防寒具をまとったからだにじわっと汗がにじみ出す。

「放浪の旅って、いくらぐらいあればできんのかな?」と、俺はなんとなく訊いてみた。また首だけを回して振り向いた秋津が、「さぁ、百万くらいじゃねぇの?」と適当に答え、

「何? お前も一緒に行く?」ととぼけた顔をする。

「行くにしても、お前とは行かねぇ」と俺は笑った。

「なんで?」と、着膨れした秋津がふざけて体当たりしてくる。

何度か体当たりを受けたあと、すっとからだをかわすと、バランスを失った秋津が日を浴びた駐車場に勢い余って転がった。汗をかきかき歩いてきた男たちが、その姿に乾いた笑い

声を上げる。

秋津と一緒に割り当てられたのは、アイスクリームの倉庫だった。常連らしい男が寄って来て、「良かったな、俺なんか生魚の倉庫だよ」と不平を漏らして去っていった。

仕事は簡単と言えば簡単だったが、一歩倉庫に足を踏み入れた瞬間、この真夏に大げさな防寒具を着せられた意味が分かった。昼休みを挟んで夜の七時まで働いた。一時間に一度休憩があったのだが、倉庫を飛び出すと、三十度を超えた真夏日なのに俺らは走って日向に駆け込んだ。氷点下という世界は、冗談ではなく鼻水が凍る。

翌朝、九時ごろに目が覚めた。昨晩の冷凍倉庫でのバイト疲れもあって、十時過ぎには寝てしまったので、気持ちのいい目覚めだった。ただ、夜中に冷房が切れていて、からだは汗だくになっている。まつわりつくタオルケットをベッドの外に蹴り出すと、物干し台にいる兄貴の鼻歌が聞こえた。前のアパートから運んできた観葉植物に水でもやっているのだろう。

しばらくその鼻歌を聞くともなく聞いていると、庭先におふくろが出てきたらしく、「あら、あんたもう起きてたの？」と二階の物干し台に声をかける。

「桂子ちゃんも、もう起きてんの？」

相変わらずよく通る声が、窓の外からと、階段の下から二手に分かれ二階へ上がってくる。

おふくろの声が聞こえたのか、今度は壁の向こうから「は～い。起きてま～す」と叫び返す桂子の声が響き、にわかに日曜の朝の始まりを感じさせる。

「これから、お父さんと駅前の喫茶店にモーニング食べに行くけど、桂子ちゃん、一緒に行かない？」

階段と窓の外からおふくろの声が駆け上がって来て、「は～い。私、行きま～す」と叫び返す桂子の声が壁の向こうから聞こえる。と同時に、「浩一も一緒に行かない？」と物干し台の兄貴に尋ねる桂子の声が聞こえ、窓の外から、「俺はいいや、帰りになんか買ってきてよ」と答える兄貴の声がした。

さすがにこの辺でベッドから起き出した。閉め切った窓を開けると、かっと照りつける夏の日が蒸し暑い部屋に刺さり、汗だくのからだを一瞬だけ、朝の風が吹き抜けていく。

「おう」

すぐそこの物干し台から、兄貴が能天気に声をかけてくる。パジャマの下だけを履き、裸の上半身に日を浴びて、気持ち良さそうに目を細めている。

視線を庭に落とすと、ジョウロを持ったおふくろが、日を浴びた庭に並べた植木に水を撒いている。しばらく眺めていると、その視線に気づいたのか、顔を上げたおふくろが、「あら、あんたも起きたの？　一緒に行く？」と声をかけてくる。

「どこに?」

「だから、駅前の喫茶店」

おふくろが言う。

「行かないよ」と俺は慌てて答えた。

これまでいくら日曜の朝だろうが、喫茶店にモーニングを食べに行こうなんて誘われたことなどない。それなのに、まるで日曜に教会へ行くのは当たり前じゃない、とでも言うように、おふくろが喫茶店に誘ってくる。正直、気味が悪い。おそらく兄貴夫婦の同居で一番浮かれているのは、おふくろなのだろうと思う。

そういえば、あれはいつのことだったか、子供のころ晴れた日にこの庭で穴を掘って遊んでいると、「尚ちゃん、尚ちゃん」と呼ぶおふくろの声がした。振り返ると、縁側によそ行きの服を着たおふくろが立っていて、「お母さんと一緒にお出かけしようか」と言われた。

「どこに?」

「どこでもいいよ。尚ちゃんが行きたいところ」

立ち上がると、おふくろの足元になぜかしら小さなバッグが置いてあった。

「お兄ちゃんは?」と俺は訊いた。おふくろはちょっと暗い顔になり、「お兄ちゃんはサッカーでしょ」と言った。

この日、おふくろに手を引かれて向かったのは、おそらく東京駅だったのだと思う。当時はそこがどこなのか分からなかったが、のちにあの赤レンガの建物を見て、そう言えばあのときの場所がここだったのかと思ったことがある。

とにかくこの日、東京駅の北口に二人で立っていると、そこに見知らぬ男が車でやってきた。「ほら、挨拶は」とおふくろが言うので、車を降りて来た男に、「こんにちは」と頭を下げた。俺の前にちょこんとしゃがみ込んだ男も、「こんにちは」と言って俺の頭を撫でた。

男はおふくろのバッグを持つと、何も言わずに車のほうへ歩き出した。

「どこ、行くの?」と俺はおふくろに訊いた。

ただ、おふくろは何も答えず、代わりに前を歩いていた男が、「尚純くん、海に行こう。海に」と振り返った。

おそらく伊豆だったのだろう、そのホテルに到着したのは夕方遅い時間だった。すぐに俺は水着に着替えて、ホテルの温水プールに向かった。

「尚純くんは、潜りが上手だねぇ」

男に煽《おだ》てられ、仁王立ちした男の足の間を何度も潜って通り抜けた記憶がある。男の腰ほどしかない底の浅いプールだったにもかかわらずだ。

おふくろはずっとプールサイドのチェアーに座っていた。ときどき目を向けると、口の端に笑みを浮かべて手を振った。

温水プールで遊んだあと、男に連れられて大浴場へ行った。男とどんな話をしたのかまったく覚えていないが、風呂を出て子供用の浴衣を着せてもらい、部屋へ戻っておふくろと三人で夕食を囲んだときには、「おじちゃん、おじちゃん」と素直に男のことを呼んでいた。その上、仲居さんの真似をして、男やおふくろのグラスにビールを注いで回ったような気もする。

「お父さんとお兄ちゃんは、いつ、ここにくる?」

眠い目を擦りながらそう尋ねたのは、食事のあと、仲居さんに布団を出してもらっているときだった。一瞬、仲居さんの動きが止まった。少し慌てたおふくろに、「ほら、いいから早く寝なさい」と無理やり布団に入れられたことを覚えている。

家に戻ったのは、翌日の昼すぎだったと思う。ホテルから都内へと戻る車の中では、おふくろも男もほとんど口をきかなかった。車は家の近所にある公園の前で停められた。俺はすぐに車を飛び降りたのだが、かなり長い間、助手席のおふくろは降りてこなかった。

やっと降りてきたおふくろは、なぜかとつぜん俺を抱きしめた。わけが分からずされるがままになっていると、停まっていた車がゆっくりと走り出した。「帰ろう」と俺は言った。俺を強く抱きしめたまま、「うん、帰ろう。うん、帰ろう」とおふくろが二度言ったことを覚えている。

あれは伊豆から帰ってきた晩だったと思うが、「どこに行ってたんだよ?」と兄貴に訊かれた。

「お母さんとプール」

たしかそう答えたはずだ。なぜかあの男のことは誰にも言ってはいけないと子供心に思っていたのかもしれない。

あれからすでに十五年以上が経つが、その後、一度もおふくろにこの話をしたことはない。おふくろだけではなく、もちろん親父や兄貴にも。


地下鉄丸ノ内線の茗荷谷駅を出ると、線路沿いにくねった細い坂道を降りる。坂道に入ったとたんに、駅のある春日通り沿いの賑やかさがすっと消える。ちょうど通り沿いに林立した高層マンションが城壁となり、その裏側というか、内部にある小日向という町を何かから守っているように見える。実際、くねった坂道が途中で線路の高架下を抜けてしまうと、驚くほど静かな住宅地になる。春日通りに林立したマンションが、駅前の喧噪だけなく、まるで時間までも塞き止めているように。

拓殖大学の門まで来ると、今度はゆるやかな上り坂になる。学生相手の小さなスナックや喫茶店はいくつかあるのだが、静かな町の中、それらの店はまるで客を拒むように佇んでいる。

ゆるやかな坂道を上り切れば、ここが小日向と呼ばれる所以のような、そんな開けた景色が現れる。ほとんど車も通らない車道には、門前を花壇で飾った家々が並び、都内でもっとも最初に日が当たるのはここではないかと思わせるほど景色は明るい。

大きな家の門前で、幼い弟を相手にキャッチボールをしている少年がいて、下手な弟相手では張り合いがないのか、弟が投げた球をグラブではなく素手で受け取っている。

この丘を少し降りたところに、俺の家はある。降りる距離はそう長くはないのだが、その角度はかなり急で、まるで丘からすとんと落ちる断崖のように見えなくもない。急な坂道の右側は景色が開け、左側には古い家々が並んでいる。ただ、急な坂に建てられているせいで、どの家も直接この坂道に玄関を作ることはできず、坂道から玄関へと急な石段が作られている。ちょうどいくつもの小川が、この大きな河へ流れ込むように。

急な坂道をほとんど爪先立ちで降りて、小川を遡るように我が家の石段に足をかけたとき、ポケットで携帯が鳴った。取り出してみると相手はおふくろで、どうせあと数秒後には家に戻るのだから無視しようかとも思ったのだが、よく見ると、珍しくおふくろの携帯からだった。

「もしもし、あんた、今日学校だったんでしょ？　まだ学校にいるの？」

電話に出ると、まるで隣にいるようなおふくろのでかい声がする。

「いや、今、家に着くとこ。出かけてんの？」

「今ね、お父さんと銀座で買い物してんだけど、ちょっとあんたに確かめてほしいことがあるのよ」

その辺りで俺は石段を上がって玄関に着いた。携帯でおふくろの話を聞きながら玄関を開け、靴を脱いで廊下を進む。兄貴たちも出かけているらしく、小さな庭に面した廊下のカーテンが閉められている。

おふくろは用件を言ってしまうと、「じゃあ、お願いね。すぐ調べて折り返してね」と一方的に電話を切った。パスポートの有効期限など帰ってきてから調べればいいものを、と思いはしたが、気になったものはすぐに確かめないと気が済まないおふくろの性格を考えれば、ここは素直に引き受けたほうが話は早い。

俺は廊下をそのまま進んで親父たちの寝室に入った。十二畳ほどの洋室で、並べて置かれたシングルベッドも、俺の部屋のに比べると小さく見える。おふくろに言われた通り、押し入れを開けると上の段に小さなタンスがあって、やはりおふくろが言った通りの引き出しには、銀行の通帳などに混じってパスポートがあった。開いてみると、おふくろの記憶は正しいようで、まだ三年ほど有効期限が残っている。

俺はすぐに携帯でおふくろに電話をかけ直した。すぐに出たおふくろが、「どうだった？」と訊くので、「うん、まだ三年あるみたいだよ」と教えてやった。

「どっか行くの？」

なんとなく通帳に手を伸ばしながら尋ねると、「そうじゃないのよ。ただ、ちょっと知りたかっただけ」とおふくろが言い、「あ、そうそう。言っとくけど、そこの通帳、見たって千円くらいしか入ってないからね」と笑う。

俺は思わず手にしてた通帳を引き出しに戻した。

電話を切って、これもまたなんとなくそこにあった印鑑を手に取った。駅から歩いてきたせいで汗ばんでいたのか、ツルリと印鑑が指先で滑り、ぽとんと足元に落ちた。それを今度はタイミング悪く中へ蹴り込んでしまう。

俺は舌打ちをしながら這いつくばり、段ボールの裏に手を差し込んで、入り込んだ印鑑を探した。指先に束になった封筒が触れたのはそのときだった。何かと思って引っ張り出すと、やけに黄ばんだ封筒の束が出てきて、ちょうどその束に引っかかるように当の印鑑が転がってきた。

その場にあぐらをかいて、封筒の束についた埃を息で吹き飛ばした。女の髪留め用のゴムで束ねられた封筒をパラパラと捲ってみると、すべてが「柳田健次」という葛飾区柴又に住んでいる人からおふくろに宛てられた手紙だった。一瞬、中を覗いて見ようかと思ったが、一番手前の封筒を開けようとしたとたんに指が止まった。あのとき、おふくろと俺を伊豆に連れて行った男の顔が浮かんだのだ。ただ、いつ浮かんだのかが分からない。差出人の名前を見た瞬間だったか、それとも封筒の束を手にした瞬間だったか、それとも段ボールの裏に手を突っ込んだ瞬間だったか。

俺はもう一度、差出人の欄を見た。同じ数字が並ぶ、やけに覚えやすい番地だった。

大路桂子の夏

「もしもし、今夜も遅くなりそう？　田辺がうちにメシ食いに来るって言ってんだけど、もし早目に帰ってこられそうだったら待ってるけど」

浩一からの電話を受けたのは、白金台へ向かうタクシーの中だった。待ち合わせに少し遅れていたので、相手から連絡が入っていないか調べておこうとバッグから携帯を取り出した瞬間に着信があった。電話の向こうの浩一の声は明るく、その声を耳にしたとたん、一日仕事に追われていた自分の顔がかなりこわばっているのに気がついた。

「ごめん、今日もこれから打ち合わせなのよ」と私は揺れるタクシーの車内で答えた。

大きく左カーブを切ったタクシーの中で、シートに置いたバッグがスーッとドアのほうへ滑っていく。

「そうか。分かった。じゃあ、てきとうにやっとくよ」

聞こえてくる浩一の声は、特に落胆したようでもない。

「お義母さんが何か作ってくれるんでしょ？」

「もう作ってるよ。それでせっかくだから桂子が戻れそうなら待ってたらどうかって」

「あ、そうなんだ。でも、ごめん、無理。お義母さんに謝っといて」

タクシーが目的地に着き、私は少し早口でそう言って電話を切った。

こうやって自分が外食をしている夜、大路家の食卓ではどのような時間が流れているのだろうかと、最近ふと考えることがある。雑誌の編集という仕事柄、どうしても打ち合わせと絡めた会食が多い。多いどころか、今週などは月曜日が青山の「カム・シャン・グリッペ」、火曜日に中野の「さわ田」に行って、水曜日の今日が白金台の「アダン」と、会食で毎日埋まっている。そんな夜、大路家の食卓では義母が作った料理を、浩一や義父、いれば尚純たちが囲んでいるのだ。

「まったく、作り甲斐も何もありゃしないわよ」

何を作ってあげても、「おいしい」とも「まずい」とも言わない男たちに、義母はいつもそう嘆いているが、それでも「ごはんよぉ〜」と呼べば、まるで二、三日何も食べていなかったような息子たちが、すぐに階段を駆け降りてくるのだから、「おいしい」「まずい」なんて感想よりも、その足音のほうが義母にはうれしいのだろうと思う。

タクシーを降りて、少し夜道を進んでいると、東京には珍しく野犬が一匹、車道を歩いていた。野犬ではなく、首輪をつけていないどこかの飼い犬なのかもしれないが、ほとんど車の走ってこない道の真ん中に引かれた白線の上を、舌を垂らして歩いてくる。野犬を見ると、子供のころに家の周りをさまよっていた汚れた白い犬を思い出す。一度、飼ってほしいと母親にねだったのだが、「どんな病気を持ってるか分からないから、絶対に触っちゃ駄目ですよ」と叱られた。「病気だったら、助けてあげなきゃ」と私は抗議した。しかし、母は真面目な顔で、「もう助からないから、捨てられたのよ」と私に言った。

店に入ると、顔見知りのウェイターに二階の席に案内された。「みなさん、もう来てますよ」と言うので、階段を上がりながら泡盛のロックを注文しておいた。

テーブルにはカメラマンの田村くん、デザイナーの真鍋さん、そして今回のニューヨーク特集号でコーディネートをお願いしている谷川さんが、すでに杯を重ねたらしい泡盛のグラスを持って顔を紅潮させている。

「すいませ〜ん。遅くなっちゃって。田村くんの携帯にメール送っておいたんだけど、見てくれた?」などと、場の盛り上がりを壊さぬようにテンション高くテーブルに着くと、「平気、平気、勝手に飲んでたから」「それより、帰国日が変わったんですって?」「ページ数多くなったんでしょ?」と、矢継ぎ早に声をかけてくる。

「ちょっと、待ってよ」
私はふざけて耳をふさぐ真似をしてみせ、タイミングよくウェイターが持ってきてくれた泡盛を一口飲んだ。

泡盛を飲みながらスケジュールなどの最終打ち合わせを終えたのは、午後十一時ごろだった。今夜の会食は打ち合わせというよりも、取材旅行の壮行会のような雰囲気だったので、最後のほうには何を確認しようとしても、「まぁ、それは行ってみないと」という言葉ばかりがみんなの口からこぼれた。

今年になってすでに三回、海外取材が続いている。ソウル、ベルリン、バンコク、そして来月早々のニューヨークを含めれば、二ヶ月に一度は一週間ほど家をあけているわけで、いわゆる普通の姑だったら、いくら仕事だろうと、とっくに夫である浩一に愚痴の一つもこぼしているに違いないのだが、やはり同居を始めたときの義母の言葉は本物だったようで、私がいくら家をあけようと小言一つ言うこともなく、逆に海外取材の前などはしばらく食べられなくなるからと、食卓に煮物など日本食まで並べてくれ、重い荷物を抱えて帰国すれば、訪れた国がどんな国だったかと、まるで子供のように好奇心いっぱいの目で質問してくる。
会社の同僚にこの話をすると、「でもさ、毎回だと逆に面倒じゃない？」と言われるのだが、義母が聞き上手なのか、男たちが二階や寝室に姿を消したあと、台所のテーブルでちびちびとワインなどを飲みながら、義母に思い出話を聞かせる夜は、とても気持ちよく眠りにつける。

「あ〜あ、私も仕事しておけばよかったな」

義母はときどきふとこんな言葉を漏らす。浩一の話によれば、義母は短大を卒業後、腰かけ程度に就職した商社で義父と知り合い、一年も働かずに寿退社したらしい。

半分ほど残った二本目の泡盛をキープして店を出た。これから仕事に戻るというデザイナーの真鍋さんと、明日、朝から娘さんの弁当を作らなければならないらしいコーディネーターの谷川さんをタクシーに乗せて送り出すと、ガードレールに腰かけてタバコを吸っているカメラマンの田村くんと二人になった。

「どうする？　帰るなら途中で降ろすけど」

神楽坂に事務所兼自宅を借りている田村にそう声をかけると、「桂子さん、今夜、まだ時間大丈夫ですか？」と訊いてくる。まだ飲み足りないのだろうと思い、「もう一軒どっか寄ってく」と誘ってやると、「渋谷のエールに行きましょうよ」と、まるで待っていたようにガードレールから立ち上がる。

「エール？」

立ち上がって、すでにタクシーを捕まえようとしている田村の背中に尋ねた。店の名前を聞いた瞬間、予感はあったのだが、「実は、遠野先輩が、そこで飲んでるんですよ」と田村に言われ、ああ、やっぱりそうかとため息が出た。

「彼に私を連れてくるように言われたわけ?」

タクシーに手を上げる彼の背中をバッグで叩くと、ちらっと振り向いた彼が、「……そんなの、俺に言わせないで下さいよぉ」と泣きそうな顔をする。

信号が変わり、タクシーが私たちの前に滑り込んでくる。田村が拝むように手を合わせるので、「もう!」と睨みながらも、背中を押されて乗り込んだ。

少し外に立っていただけなのに、うっすらと汗をかいていた。強い冷房の効いた車内に入ると、冷えたシートが背中に気持ちいい。

「桂子さんも知ってるでしょ? 遠野先輩が最近ほされてるの」

タバコに火をつけた田村が私を気遣ってか、窓を開ける。熱く湿った東京の夜気が流れ込み、冷たかった車内の空気があっという間に消えてしまう。

「遠野先輩、かなり落ち込んでるんですよね。もう見てらんなくて。この前だって、偶然エールで会ったんだけど、泥酔っていうか、『ああ、この人、もう死にたいんだろうなぁ』なんて思わせるくらいの飲み方で……」

田村の話を聞きながら、私は流れる景色に目を向けていた。ただ、何を見ていても、カウンターに突っ伏して、「あいつら、写真のことなんか何も分かってねぇんだよ」と愚痴をこぼす遠野の姿がその景色に重なる。

そこそこ才能はあるのに、それを活かせない男。天才ではないのに、天才だと思い込んでいる男。自信という、やっかいな重荷を背負った男……。

「田村くん、帰りたいんでしょ？」と私は訊いた。

ちらっとこちらを見た田村が、窓の外にタバコの吸い殻を投げ捨て、「やっぱ、桂子さんのそういうところに、遠野先輩、惚れちゃってんでしょうねぇ」と言う。

「いつの話してんのよ」

私はわざと快活に笑った。

「だって……」

「だっても何もないの。私には夫がいるし、彼とは大昔に別れてるの」

「でも、遠野先輩、こうやって危機を迎えると、必ず桂子さんに頼るじゃないですか」

田村に真顔でそう言われれば、「ほんとだよねぇ……、ほんと嫌な男だよねぇ」と言うほかない。

「でも、桂子さんも桂子さんですよ。こうやって桂子さんがやさしくするから、いつまで経っても、遠野先輩、桂子さんに甘えるんですよ」

田村が窓を閉めたせいか、車内にまた冷房が効き始める。

「田村くん、面倒だったら、このまま帰っていいよ」

私はそう田村に笑いかけ、「すいません、ちょっと寒いので冷房を弱めてもらえませんか？」と運転手に頼んだ。


一人タクシーを降りて、雑居ビルの階段を降りた。重いドアを開けると、がらんとしたカウンターの奥で、背中を丸めてバーボンを飲んでいる遠野の姿があった。あと数年で五十になるというのに、相変わらず派手なシャツを着ている。

ドアが開いた気配を感じたのか、難儀そうにふり返った遠野が、ドアの前に立つ私を見て照れ臭そうに微笑む。照れ臭いのならば、こんなところで昔の女の到着を一人寂しく待ってなんかいなければいいのにと思う。

「何よ？」

隣に腰かけ、私は冷たくそう言った。冷たく接してあげたほうが、この手の男は心を開く。

遠野の目が田村を探している。男同士、どんな作戦を立てて私をここに連れてこようとしたのかは知らないが、相変わらずほんとにずるい男だと思う。

「仕事、どう？」

バーテンダーに軽めのカクテルを注文すると、遠野が自分のグラスを見つめたまま訊いてくる。「相変わらず忙しいの？」と、まるで女みたいな口調で訊いてくる。

「また、もめちゃってさ……」

無視していると、遠野はそう言ってグラスのウィスキーを飲み干した。何も答えてやるまいと、私もグラスのカクテルに口をつけた。

「……なんで、俺、お前と別れちゃったんだろうな」

遠野は私を一度も見ようとしない。相手さえ見なければ、いくらでも嘘がつけると思っているのか、それとも相手さえ見なければ、素直に自分の気持ちを伝えられると思っているのか。

「私、今日は帰るからね」

私は遠野を見ずにそう言った。そう。相手さえ見なければ、いくらでも自分の気持ちに嘘はつける。

遠野とは私が初めて任された海外取材で知り合った。今、思えば、当時が彼の全盛期だった。もちろん個展を開いたり、写真集を出すようなカメラマンではなかったが、作品に個性がない分、雑誌などではかなり重宝されていた。

二枚目というわけでもないのに、妙な魅力がある男だった。一緒にいると、野犬に睨まれたように身が竦《すく》むこともあれば、逆に暖炉の前で居眠りしているような気分にさせられることもあった。

付き合い始めたころ、彼には他にも数人女がいたのだと思う。なんとなく、そんな気はしていたが、散らかった彼の部屋で強く抱かれていると、他に何人女がいようと、この人が愛しているのは私だけなのだと思わせるようなキスをした。

そのくせ、私がもっと安定した愛をねだると、すっとどこかにいなくなる。そして私が泣き明かし、やっと立ち直ったころに、またすっとどこからともなく現れる。

「お前がいないと、俺、もうどうにもならないよ」と彼は言う。

そんな言葉、まったく信じていないのに、本当にどうにもならないんじゃないかと思わせる。私には大切な夫がいるのだと言えば言うほど、彼には本当に私しかいないんじゃないかと思わせる。本当にずるい男だと思う。そして、自分が本当に弱い女だとも思う。

次の日曜日の夕方、ひとり映画を観に行くつもりで家を出た。ただ、なんとなくその足が浩一たちが芝居の練習をしているという区民会館へ向かってしまった。

特に観たい映画があったわけでもなかったし、浩一たちの公演は毎回観に行っていたにしろ、ここしばらく練習場へ顔を出していなかった。

途中、差し入れのドーナツを買った。区民会館に入ると、大小の貸しホールが並んでいる廊下の自動販売機で、座長の佐々木くんが缶コーヒーを買っていた。

「佐々木くん！」

声をかけると、ゆっくりと振り返った佐々木が、「おっ、桂子ちゃん、どうしたの？」と大げさに目を丸めてみせる。

「陣中見舞いよ。たまには夫が苦労してるところでも見学させてもらおうかと思って」と私は言った。

「苦労？　とんでもない。今回のあいつすごいよ。ノリにノッてる。……あ、ノリにノッてるって、ちょっと古い？」

「ちょっとじゃ利かないと思うけど……。あ、利かないって言葉も、最近使わない？」

自動販売機の横にあったベンチに二人並んで腰かけた。佐々木は浩一の大学時代からの友人で、半ば強引に彼を劇団に引きずり込んだ張本人だ。無駄に背が高いというか、近くに立たれると、かなりの圧迫感がある。

「でも、今回の浩一、ほんとにすごいよ」

佐々木が缶コーヒーを開けながら言う。

「ノリにノッてる?」と私がからかうと、「そうそう。ノリにノッてる。まぁ、主役だから張り切るのは分かるけど」と、佐々木は一口缶コーヒーを飲んだ。

「今回、浩一が主役なんだ?」

「え? 知らなかったの?」

「聞いてない。あの人、何も言わないもん、芝居のこと」

「今回、『熱いトタン屋根の上の猫』ってヤツやるんだよ」

「それは聞いた」

「その主役があいつ。桂子ちゃん、読んだことある?」

「原作はないけど、映画で観たことある。あ、でも、この前、浩一が持ってた台本、ちょっと読んだ」

「どうだった?」

「あれ、佐々木くんが書いたの?」

「そう、俺。ただ、時間なくてさ、ほとんど原作のまんま」

「大変だね、損保会社主任兼脚本家も」

私がからかうように言うと、佐々木も、「ほんと大変だよ」と廊下に響くように笑い出した。

「でも、ヘンに弄《いじ》らないほうがいいんじゃない」と私は言った。

「やっぱ桂子ちゃんもそう思う？」

「うん、思う」

わざわざ見学に来たのに、こうやって廊下で佐々木と喋っていても仕方がないと思い、

「ちょっと見学させてよ」と私はベンチから立ち上がった。

「今、ちょうど浩一が稽古してるよ」

そう言って立ち上がった佐々木が、廊下の突き当たりに見える「小ホールC」と書かれたドアを指差す。

廊下を進むと、佐々木が重そうなドアを開けてくれた。開いたとたんに何やら台詞を叫んでいる浩一の声が響いてくる。

佐々木が中へ入ろうとするので、私は慌ててその腕を摑んだ。

「ねぇ、しばらくここから覗いてていい？」

そう尋ねると、「いいけど」と佐々木が少し怪訝な顔をする。

ドアの隙間からは、鏡の前に小道具の松葉杖をついて立っている浩一の姿が見えた。その隣にはおそらく妻役なのだろう、直子ちゃんというやはり佐々木に引きずり込まれたらしい女の子が丸めた台本を持って立っている。

稽古は本格的なものだった。松葉杖をふり上げて、直子ちゃんのほうに向き直った浩一が、「マギー！」ととつぜん怒鳴り声を上げ、「……殴って欲しいんだな！　こいつで殴って欲しいんだな！　殺せるんだよ、こいつで殴れば！」と妻に迫る。

あまりにも急な展開だったので、ドアの隙間から覗いていた私は、思わず後ずさりしてしまい、後ろに立つ佐々木の足を踏んだ。

「どうぞ！　……あたし、本望よ！　あんたに殺されるんだったら！」

妻役の直子ちゃんが、浩一に負けじと叫び返す。

二人の周囲には、他の劇団員たちがしゃがみ込み、二人の迫真の演技を見上げながらも、ぽりぽりと何やらお菓子を食べていた。

「男には、この世にたった一つだけ、おそろしく尊い真実なものがあるんだよ！　かけがえのない、尊い真実なものが！　……友情だよ。……僕の場合は、スキッパーとの友情だよ。それを、君は、汚《けが》そうとしてるんだ！」

「汚したりしてません！　清めようとしてるの！」

「僕にとって、かけがえのない、尊い真実なもの、それは、君に対する愛情じゃない。スキッパーとの友情が、それなんだ。君は、それを汚そうとしてるんだ！」

「それじゃあ、まるっきり聞いてなかったのね。てんで分かってないのね。汚すどころか、あたしは清めているのよ。清めすぎて、とうとうスキッパーが死んだくらいじゃない！　あんたたち二人の間には、傷《いた》まないように冷凍にでもしておかなきゃならないものがあったのね。そうよ！　ところがそんなもんをしまっとく冷蔵庫なんて、ありゃしないのよ！　つまり死ぬのが、ただ一つの冷凍法だったたってわけ……」

「マギー、僕は、結婚したんだぜ、君と。結婚なんかするはずないだろう、マギー、もしも僕が……」

私は知らず知らずのうちに、二人の演技に見入っていた。佐々木に背中を押されるまで、自分がかすかに震えていることにさえ気づかなかった。

「こ、これ、台本通り？」

私は思わず背後に立つ佐々木に訊いた。

「うん、そう。一字一句、台本通り。さすがだよね」

佐々木が満足そうな笑みを浮かべる。

「さ、中に入ろうよ。ドア、開けてると、怒られるんだよ」

佐々木が私の背中を強く押す。

大路浩一の夏

「最近、桂子は忙しそうだなぁ」

ふとこぼしたらしい親父の言葉が背中に聞こえた。振り返ると、リビングのソファでテレビを見ている親父の背中がある。俺は返事もせず、風呂上がりで濡れた髪をバスタオルで拭きながら、棚からウィスキーのボトルを取り出した。

親父が桂子のことを、桂子さんでも、桂子ちゃんでもなく、桂子と呼び捨てにするようになったのはいつからだったのだろう。同居する前も、そう呼んでいたような気もするし、同居を始めてからそう呼び出したような気もする。いや、もしかすると、今が初めてだったのかもしれない。

ダイニングの椅子に腰かけて、グラスにウィスキーを注いでいると、「携帯鳴ってるぞ」とリビングから親父に呼ばれた。

グラスを片手にリビングに入り、さっき脱いだままソファにかけておいたジャケットから携帯を取り出すと、田辺からの電話だった。

「もしもし」

廊下に出て通話ボタンを押すと、「おう」といつになく暗い田辺の声がする。

「どうした？」と俺は訊いた。

「うん、いや、今度の土曜日、暇かなと思ってさ」

「別に暇だけど、なんで？」

「いや、暇だったら、ちょっと酒でも一緒に飲まねぇかと思って」

しょっちゅうこの手の誘いで電話をかけてくるくせに、今夜に限って妙に改まった言い方をする。

「いいよ。この辺で？」と俺は訊いた。

「ああ、近所でいいよ」と田辺がやはり暗い声で言う。

「じゃあ、とりあえずお前んちに夕方くらいに行くよ」

「ああ、待ってるよ」

「なぁ、なんかやけに声が暗いな」

「そうか？　ちょっとな、なんていうか、ちょっとお前に相談があるんだよ」

「相談？　何だよ？」

「うん、まぁ、土曜日に会ってから言うよ」

俺らがここで同居を始めたのとほとんど同時期に、田辺は奥さんと別居した。離婚を前提とした別居で、住んでいたマンションには奥さんが残り、田辺が荷物をまとめ家を出たのだが、その際にうちからそう離れていない場所に田辺はアパートを借りていた。

電話を切ってダイニングへ戻ると、親父がウィスキーボトルを手にラベルを熱心に眺めている。

「珍しいな、この酒」

「桂子が誰かにもらってきたんだよ」

「どこの酒だ？」

「スコットランドのアイラ島ってところで造られてるらしいけど、飲む？」

グラスを取り出してやろうと棚を開けると、親父は一瞬、頷きそうになりながらも、「いや、お父さん、いいや」と首をふった。

開けた棚の扉を閉めて椅子に座った。ボトルを置いて出て行くかと思った親父も、なんとなくつられるように席につく。

「桂子はまた今夜も遅いのか？」

テーブルに置かれた梨を手のひらで転がしながら親父が訊いてくる。

「連絡ないけど、遅いんじゃないかな。毎月、この週が校了って言って一番忙しいときだから」

「昨日なんて、朝方だったもんな、桂子が帰ってきたの」

親父が何を言いたいのか分からず、俺は黙ってグラスのウィスキーを飲み干した。飲み干した瞬間、喉から胃にかけて一瞬カッと火照る。

グラスを流しに置いて二階へ上がろうとすると、「なぁ、おい」と親父がまた呼び止める。

「何?」

面倒臭そうにふり返り、柱にもたれかかった。

「いや、実はな、前からお母さんには相談してたんだけど……」

親父がどこか言いにくそうに顔を歪める。

「何?」

「うん、いやな……」

「何?」

「うん、いやな……、お父さんたち、ここを出て行こうかと思って」

「え?」

「いや、だから……」

「ここを出て行くって？　なんで？」

「だから、そう慌てるなって」

思わず俺はさっきまで座っていた椅子に戻った。

「お父さんの友達で、豊川っていうのがいたろ？　ほら、まだお前らが子供のころ、正月になるとここに来て、お前らにいろいろおもちゃ買ってくれてた、お父さんの大学から親友で……」

「豊川のおじさんだろ？　覚えてるよ」

「あれが十年ぐらい前からバンコクで小さな貿易会社やってるんだよ。向こうの家具やら雑貨やら買いつけて日本に輸出してんだけどな」

「知ってるよ。毎年、年賀状もらってるから」

「そうか、そうだよな。それでな、前々からずっと誘われてたんだけど……」

「まさかバンコクに行くって言うんじゃないだろうな？」

「なんでまさかだよ」

「いや、だって……」

親父があまりにもさらりと言うので、思わず言葉が詰まってしまった。

「これまで小野さんって人と共同経営してたんだけど、その小野さんのおふくろさんが去年倒れたらしくてな。小野さんってのは名古屋の出身らしいんだけど、とにかく暑いバンコクに半分寝たきりみたいなおふくろさんを呼び寄せるわけにも行かないし、他に頼る親戚もなければ、施設に入れるのは忍びないっていうので、その小野さんが名古屋に帰るらしいんだよ」

物静かな親父が語る理由を聞けば聞くほど、親父とバンコクの喧噪が両極端に思えてくる。

「それで、その小野さんの代わりに親父が？」

「ああ。ずっと前から誘われてはいたんだよ。ただ、どうも決心がつかなくて、でも、俺もまだ五十五歳で、『この先、まだ長いかもよ』なんてお母さんに言われてな」

そこまで聞いて、肝心なことを思い出し、「だって、おふくろが反対するだろ？」と俺はテーブルに身を乗り出した。

「お母さん？　反対なんてしてないよ。それこそ、行くと決めたとたんに、英語習い始めてるし」

言われてみれば、たしかに二週間ほど前、おふくろが駅前の英会話学校に入学した。暇を持て余した主婦の時間潰しなのだろうと思っていたが……。俺は親父の顔を凝視した。いくら眺めていても、そこに冗談らしい色はない。

翌日、仕事から戻ると、珍しくリビングに家族が勢揃いしていた。久しぶりに早く帰宅している桂子も、エプロンをつけおふくろと台所に立っている。

昨夜は桂子の帰りが遅く、朝はこちらのほうが早いので、疲れ果てたように寝息を立てていた桂子を起こさずに出勤した。

「おかえり」

台所から出てきた桂子とおふくろに声をかけられ、「ただいま」と返事をしながらも、だらしなくソファに寝転んでテレビを見ている尚純に目を向けた。視線を感じたのか、尚純がちらっとこちらを見て、何も言わずにまたテレビに視線を戻す。

「なんか、全員集まると、この家もけっこう狭いなぁ」

ネクタイをゆるめながら、寝転んでいる尚純の足を乱暴にどかしてソファに座った。向かいのソファで夕刊を読んでいた親父が、「これで孫でもできたら大騒ぎだな」と少し間の悪い相づちを打つ。

「何言ってんのよ、これが本来の家族の姿じゃない」

台所から顔を出したおふくろが、そう言って隣に立つ桂子の肩をポンと叩く。

俺の肩が邪魔でテレビが見えないらしく、尚純が枕にしたクッションを右に左に動かしている。「どいてくれ」と一度頼めば済むものを、尚純には子供のころからこういうところがあって、その一言を出し惜しむ。

「親父たちがバンコクに行くってよ」

わざと邪魔するように、尚純の顔を覗き込んでそう言った。

「どけよ」

こちらの肩を払おうと伸びてきた尚純の腕が空を切って、思い切りテーブルの角にぶつかる。

「イテッ」

尚純が足で俺の背中を蹴ろうとするので、その足首を摑んで引っ張った。ずるりとソファの上を滑った尚純のからだが危うく床に落ちそうになり、ぎりぎりのところでソファとテーブルの間に挟まる。

「ほら、やめないか！　いい年して！」

久しぶりに親父に怒鳴られ、仕方なく俺はソファを立った。呆れ果てたように夕刊を畳んだ親父が、「おい、こんなのだけ、ここに残して大丈夫か？」と台所のおふくろに問いかける。台所から、「大丈夫でしょ。桂子ちゃんがいてくれるんだもん」と呑気なおふくろの声が聞こえ、「いくら桂子がいてくれるからって、こんなガキどもの世話させるの可哀想だぞ」

と親父が笑う。

親父たちの会話を無視して、二階へ行こうとすると、「浩一、ちょっと」と台所の桂子に呼び止められた。階段に足をかけたまま、「何?」と首を伸ばすと、廊下に出てきた桂子が、

「来月、お義父さんたちがバンコクに下見に行くとき、私もついていくことにしたから」と言う。

「お前、いつ聞いたの？　バンコクのこと」

「さっき」

「さっき聞いて、もう下見の相談?」

「どうしたの？　なんかあった？　機嫌悪いじゃない」

「別に」

「とにかく、来月、休みとってお義父さんと一緒に行くから。私、何度かバンコク行ったことあるしさ、ちょっとした知り合いもいてお義父さんたちに紹介できるし」

そう説明する桂子の声に重なるように、リビングから親父の声も聞こえてくる。

「住む家やなんかは心配いらないんだ。豊川が全部準備してくれるらしいし、もしあれだったら、その小野さんが使ってた家をそのまま使ってもいいんだし……」

親父が割り込んできたせいで、桂子との話は中途半端なまま終わってしまった。特に反対

する理由もないのだが、いざ下見に行くと言われると、この無謀とも思える計画も次第に現実味を帯びてきて不安になる。

「尚純、あんたも私たちがいなくなったら、ちゃんと桂子さんや浩一のこと、いろいろ助けてあげなきゃいけないんだからね」

台所で調理しているおふくろの声が聞こえるが、当の尚純の耳に届いているのかいないのか、リビングからはテレビを見てクスクスと笑っている声しか聞こえない。


その週の土曜日、夕方からちょっと仕事に出るという桂子を車で銀座の仕事場まで送ったあと、いったん車を自宅に戻してから田辺が暮らし始めたアパートへ向かった。引っ越してきた翌日に桂子と二人で様子を見に行ったのだが、まだ段ボールが積み上げられたままで、結局、その日は中へは入らず田辺を誘い出して近所の居酒屋で食事した。

小さな児童公園の裏に回り込んで、細い路地を入って行くと、垣根越しに灯りのついている田辺の部屋が見えた。一階の一番手前にあるので、開け放った窓の中から夕方のニュース番組でやっている天気予報の音がもれている。

玄関先に立ってチャイムを押すと、一度目は返事がなく、二度、三度と押した辺りで、「は〜い」という面倒くさそうな声がした。

「俺だよ、俺」

声をかけると、ドアの向こうで何やらガタガタと荷物の倒れる音がして、目の前のドアがすっと開いた。二、三日剃っていないのか、やけに無精髭が目立つ。

ドアを開けただけで田辺はすぐに奥へ引っ込んだ。仕方なく散らかった靴の上に靴を脱ぎ、廊下に立てかけられた段ボールの空箱を倒さないように奥へ進んだ。

ベッドと大型テレビしか置かれていない十畳間の床には、灰皿や、コンビニ弁当や、タバコやCDが散乱している。「まぁ、座れよ」と田辺は言うが、正直、腰を下ろす場所もないので、仕方なく一番片付いているベッドに腰かけた。

「なんだよ、これ」

呆れて床を見渡したのだが、「これでも片付けたんだぞ」と田辺が笑う。

すぐに外へ出て駅前の居酒屋へ向かった。行きつけというわけでもないのだが、うまい白子料理を出す店で、脱サラしたというマスターの無口なところも気に入っていた。

さすがに土曜日の夜で、カウンターは満席だった。ただ、運良く一番端の席に座れ、この店には珍しい家族連れの賑やかさからも距離を置くことができた。

軽くビールで乾杯して刺身をつまみ出すと、「あのさ、酔う前に頼みたいことがあるんだよ」といつになく田辺が真面目な顔をする。ちょうど席の関係で、田辺がこちらを向くと壁際に追いつめられたような感じになる。

「なんだよ？」

わざと軽い口調で言った。こちらが気軽に話せば、田辺も気軽な口調に戻るかと思ったのだが、暗い表情のまま、「あのさ、ちょっと金、貸してくれないかな」と俯く。

「金？」

正直、予想もしていなかった頼みだったので、つい声が大きくなった。田辺の向こうに座っている中学生らしい女のコが、ちらっとこちらに顔を向ける。

「金？」

今度はできるだけ声を抑えてそう訊いた。

「ああ……。きちんと話すから聞いてくれるか？」

田辺がそう言って、俺の顔を覗き込んでくる。さっき注文しておいた冷酒が届いて、俺は、まぁ、とりあえず、と田辺と自分のおちょこに酒を注いだ。一口舐めた田辺が、「やっぱ、〆張鶴ってうめぇな」とやっといつもの笑顔を見せる。

「どうしたんだよ？」と俺は訊いた。

こちらから訊いてやらないと、なかなか話し出しそうになかった。

「うん……」

また小さく頷いた田辺が、しばらく俯いたまま黙り込む。

「毎月、ちょっとずつ足りない分を借りたりしてたんだよ。消費者金融ってやつ。それがだんだん増えてってさ、気がついたら、払って、借りて、また払って、借りての自転車操業になってて」

「敦子ちゃん？　知ってんだろ？」

「ずっと隠してたんだけどな、この前バレて……。実はそれですぐに別居ってことになったんだ」

三年ほど前から、田辺がたまに消費者金融から一万、二万と遊ぶ金を借りていることは知っていた。月末になると、「今月も支払い多いんだよ」などと言ってはいたが、その表情に深刻なところはなかった。それにここ一年ほどは、そんなことも言わなくなっていたので、もう借金もなくなったのだろうと勝手に思い込んでいた。

「いくらぐらいあるんだよ、その借金」

正直、助けてやれるのなら助けてやろうと簡単に考えていた。田辺の言い方から頭に浮かんできた金額は、どうにか助けてやれる額だったのだ。

しかし、金額を尋ねたとたん、「うん……」とまた田辺が黙り込む。

「言わなきゃ、貸すにも貸せねぇだろ」

またわざと明るい声でそう言った次の瞬間、田辺がぼそっと金額を告げた。

それは、助けてやれるならと俺が勝手に予想した五、六十万という金額の、およそ五倍もの金額だった。


居酒屋から田辺のアパートに戻る間、一言も口をきかなかった。田辺から「うちに寄っていくか?」と訊かれたわけでもなかったが、自然と足が田辺のアパートに向いていた。玄関の鍵を開けるとき、「最近、取り立て屋ってのが来るんだよ」と田辺が言った。まるでガムを踏みつけたときのような顔だった。

「……毎月、ギリギリだけど返せない額じゃねぇんだよ。ただ、一旦まとめて返さないことには、いくら毎月の支払いを続けても、ぜんぜん借金が減っていかないんだ」

すでに鍵は開いているのに、田辺がドアを開けずにそう言う。

「こんなこと、お前にしか……頼めなくてさ」

田辺がよほど悩んで相談してきたのだろうことは分かっていた。それに製薬会社の営業をやっている田辺の給料ならば、実際、返せない金額でもないのだろう。おそらく自分でも言っているように返済の方法を変えさえすればどうにかなるのかもしれない。

「とにかく、入ろうぜ」と突っ立ったままの田辺の背中を押した。「ああ」と項垂《うなだ》れたように頷いて田辺がドアを開けて中へ入る。

これまでのボーナスを貯めておいた定期預金を崩せば、貸して貸せない額ではなかった。田辺もこんなことで友人を裏切るような男ではない。とりあえず田辺に全額貸してやり、あとは月々数万ずつでもゆっくりと返してもらえばいいのかもしれない。

田辺のあとに続いて玄関に入った。まだ電気もついておらず、暗い玄関で田辺が靴を脱いでいる。後ろ手でドアを閉め、「電気つけろよ」と言った瞬間だった。

一瞬、田辺がその場に倒れ込んだのかと思った。慌てて手を差し出すと、その腕を田辺が強く摑む。ドアを閉めたせいで、目の前に立つ田辺の顔も見えなかった。

「お、おい」

声をかけた瞬間、まるで殴るように田辺が抱きついてきた。思わず後ずさった足が閉めたドアに当たって音を立てる。

「何にも言うなよ」と田辺は言った。

田辺が耳元で囁く。酔った田辺の息がかかる。

「俺も馬鹿じゃねぇからさ、お前の気持ちっていうか……、よく分かんねぇけど、とにかくそういうの、気づいてたんだよ」

田辺が何を言おうとしているのか分かり、押し返そうとした腕から力が抜けた。

「俺、お前のこと親友だと思ってっからさ。こういうの、やっぱちょっとヘンだけどさ、こういうのもありかなって……」

田辺がそう言って、もっと強く抱きしめてくる。

やめろよ、と俺は心の中で言った。何やってんだよ、と心の中で呟いた。お前、自分が何やってんのか分かってんのか？　これじゃまるで……。ずるいよ。

秋

新堂レイの秋

サッシ戸を開けると、ひんやりとした風が吹き込んできた。つい数週間前まで憎らしく見えたベランダの暖かい日向に足を踏み出したくなるほど、ひんやりとした秋風だった。吹き込んでくる風が、床に広げられたままのスポーツ新聞をバサバサと鳴らす。まだベッドで眠っている尚純の顔にも、この秋風が触れたのか、もぞもぞと毛布の中でからだを丸める。

私は裸足のままベランダに出た。踏みつけた日向の感触が足の裏から伝わってくる。寝乱れたパジャマに、暖かい秋の日差しが染み込んでくる。

「おい、寒いよ。閉めてくれよ」

背中に尚純の声が聞こえてふり返ると、まるでアスパラ巻きのように薄手の毛布をからだに巻きつけている。よほど、「もう起きれば！」と言い返そうかと思ったのだが、昨夜の口論のこともあり、「あ、ごめん、ごめん」と自分だけベランダに残ってサッシ戸を閉めてやった。

よりかかった手すりが胸に冷たかった。どこから聞こえてくるのか、高い秋空の下、かすかにピアノの音がする。

昨夜、残業を終えてアパートに戻ってきたのは十一時ごろだった。すでに尚純は来ており、待ちくたびれたのか、それともこんな生活にもすっかり慣れてしまったのか、一人で勝手にハンバーグを作って食べたようで、台所にはラップをかけた私の分も残してあった。

なんとなく尚純の就職の話になったのは、そのハンバーグを温めて食べ始めたころだった。私が一口食べるたびに、「な？　うまいだろ？」と尚純が何度も訊いてくるので、さすがに面倒になって、私はさっと話題を変えたのだ。

「ところでほんとに卒業したあとも、剛志叔父さんのところで働く気？」と私は訊いた。

尚純はベッドに寝転がっていたのだが、いつものように、「ああ」と面倒臭そうに返事をすると、「そのハンバーグな、こねる時にココアパウダーを少し入れてんだよ」とまた話を戻そうとする。

尚純が就職活動に身を入れていないのは知っていた。もちろん何社か、たとえば大手菓子メーカーや大手建設会社などの面接を受けたとは聞いていたが、その後、経過を教えてくれないところを見ると、あまり芳《かんば》しい結果ではなかったのだろうと思う。

「この前、お父さんの紹介で、エレベーターの整備会社か何か受けてみるって言ってたじゃない」

尚純がベッドに寝転んだままテレビをつけようとするので、私はそう言って遮った。尚純が話したくないのは分かるが、この話題を放っておいたからと言って、どこかで彼の内定が決まるわけではない。

「あれ、受けなかったの?」

尚純が返事をしないので、その腰を揺すった。面倒臭そうに寝返りを打った尚純が、「ああ、受けなかった」と怒ったように返事する。

「いいだろ? もう剛志叔父さんのところでバイトするって決めたんだから!」

「私に怒鳴らなくてもいいでしょ!」

「怒鳴ってないよ!」

「怒鳴ってるじゃない! お父さんやお母さんにもちゃんと相談したの?」

「今、うちの親父たちそれどころじゃないんだよ。来週、バンコクに行くんで、自分たちのことだけで手一杯」

「それでもさ……」

「お前が心配することないよ。まだ若いんだし、どうにでもなるって」

尚純はベッドから起き上がると浴室へ向かった。この部屋に置いてある自分の下着をクローゼットの中から取り出し、赤いのと黒いのとしばらく眺めてから、結局黒いトランクスを持って姿を消してしまった。

しばらくベランダに立っていると、だんだんと足元から冷えてくる。日向とはいえ、裸足でコンクリートに立っていれば冷たくもなるのは分かるが、ブルブルッときた身震いがどこか悪寒に近い。

私は吸っていたタバコをベランダの灰皿でもみ消すと、サッシ戸を開けて再び部屋へ戻った。いつの間にか尚純も起き出していたらしく、洗面所から歯を磨く音が聞こえる。

「今日、実家に帰るんだよな？　何時ごろ出かけるんだっけ？」

尚純の声がする。

「三時ごろかな。なんで？」と私は毛布を畳みながら叫び返した。

「いや、どうせ暇だからさ、車で送ってやろうかと思って」

「うそ？」

畳んだ毛布を抱えたまま、私は洗面所へ向かった。歯ブラシをくわえた尚純の顔が鏡に映っている。

「どうせうちの車、誰も使ってないだろうし」

「ほんとにいいの？」

「いいよ」

「あ、でも、先に言っとくけど、うち、けっこうすごいからね」

「すごいって？」

「だからいつも言ってるじゃない」

「ああ、千葉のヤンキー一家なんだろ？　で、上の兄さんだったっけ、下の兄さんだったっけ？　今度、結婚するの？」

「下の兄さん。式とか挙げないらしくて、相手の女の人とその両親がうちに来るんだって。それで私も一応ね」

「お前の上の兄さんはまだ結婚してないんだろ？」

「だから上の兄さんは、実家に真智子って女の人、連れ込んでて、一緒に暮らしてるけど籍は入ってないって教えてあげたでしょ」

「じゃあ、下の兄さんのほうが先に結婚するんだ？」

「だから、それも前に言わなかったっけ？　下の兄さんはもう二度目の結婚なの。前の結婚は十九のころで半年しかもたなかったのよ」

「なんか、お前の兄さんたち、すげぇモテそうだな」

そう言って呑気に笑う尚純を見ていると、彼を実家へ連れて行くのはやはりまずいような気がした。ただ、ここから何度も電車を乗り換えて帰ることを思えば、多少の犠牲は仕方がない。

「じゃあ、先に尚純の家に行かなきゃね」

「いいよ。俺だけ戻って車取って、ここまで迎えに来てやるよ」

「え？　ほんと〜？」

とってつけたようにかわいこぶって見せると、口の中の白い泡を吐き出した尚純に、「気味悪ぃよ」と笑われた。

尚純の運転する車で千葉の実家に着いたのは、途中、街道沿いのドライブインで休憩を取って少し遅くなり、午後六時を過ぎたころだった。

実家の前には下の兄貴の車が停めてあったので、近所にある小学校の正門前に駐車するように頼んだ。すると尚純が違反キップを切られるのを恐れて、「近くに百円パーキングとかないの？」と訊いてくる。

「そんなのないよ」

「でも長時間停めてたら持ってかれないか？」

「心配だったら、ちょっと離れたところにパチンコ屋あるから、そこの駐車場に停めとく？」

「パチンコ屋って……。そんなとこ、停めといて大丈夫なの？」

「大丈夫だよ。いつもガラガラだし」

「通報されない？」

「通報？　誰に？」

「だから店の人とか」

「そんなのぜんぜん大丈夫よ。心配するんだったら、店の人じゃなくて、この辺の悪いのにタイヤとか持ってかれないように注意するのが先だって」

私としては常識としてそう忠告したのだが、尚純にはカルチャーショックだったようで、「へぇ、停めてていいけど、タイヤ持ってかれる心配があるんだ……」などと、妙に感心したように呟いていた。

結局、小学校の前に車を停めて、実家に戻った。予想はしていたが家の前まで来ると、尚純の足が一瞬、止まる。決してバラックというわけではないのだが、築四十年以上が経ち、その都度その都度で補修を繰り返してきた二階建ての家屋は、決して見かけがよいとは言いがたい。ところどころ色の違う屋根瓦。青いトタンで補強された壁。引き戸の玄関先にはもう根元から腐っているような草木を植えた大小の鉢や、私が子供のころに使っていたタンスや、色のあせた御簾《みす》、何の部品なのか分からないような材木が、雨風にさらされて放置してあり、窓という窓には洗濯物が干してある。母の下着も、父のジャージも、一番上の兄のTシャツも、その兄が家に連れ込んでいる真智子ちゃんのジーンズも、なんの区別もなく。

「びっくりした？」

私はわざとおどけてそう言った。

「……いや、でも、想像してたより古いな」

一応、気を利かせたつもりなのか、尚純がそう呟いて家を見回す。

「もし、この家が尚純んちの近所にあったら、ゴミ屋敷とか呼ばれそうだよね」

「そんなことないけどさ……」

「そんなことあるでしょ？　私さ、この家に帰ってくるたびに思うんだよね、ほんとに私ってここに住んでたのかなって」

「たしかに、今のレイを見て、その実家を想像して、この家は浮かばねぇよな。いや、別に悪い意味じゃねぇぞ、言っとくけど」

「でも住んでるときは、ほんとな～んとも思ってなかったんだよね。これが家だってフツ～

に思ってたし」

私は尚純の背中を押すようにして玄関へ入った。実家独特の匂いがする。どういう匂いなのか一言で説明するのは難しいが、乳飲み子が育ち、どろんこで遊び回る少年、少女に成長し、そのあと色気を出して香水などをからだにふりかけるようになった、そんな人の匂いのすべてが全部蓄積されているような……。

玄関に入ると、とたんに騒がしくなった。二年ほど前から飼っているチワワに向かって、「ほら、黙れ、こら！　あっち行け、あっち！　ん？　ほう、お父ちゃんのところに来るか？　ん？　ほら、来い」などと酔った声で話しかけている父の声、その声に母が見ているらしいテレビの音が重なり、そこに玄関が開いた気配を感じたらしい真智子が、階段をものすごい音を立てて降りてくる。

「あら、やっぱりレイちゃんじゃん」

急な階段からドスドスと降りてきたのは長男の彼女の真智子で、相変わらず私の倍はあるかと思える巨体をよたよたと揺らしている。

「ちょっと遅くなっちゃった」

真智子に軽く会釈しながら靴を脱いでいると、後ろに突っ立っていた尚純が、「こんにちは」と囁くような声を出す。

「あ、ごめん。この人、ほら、前に話した彼氏。車で送ってもらったんだよね」

私はてきとうに紹介した。すると、真智子がペコッと尚純に頭を下げたかと思うと、「おばさ〜ん！　レイちゃんが彼氏つれてきてるよ〜！」と廊下の奥へ叫ぶ。

相変わらず廊下には何が入っているのか分からないような段ボールが積まれ、チワワのためか、ところどころに古新聞が敷いてある。

「ねぇ、レイちゃんって社販使えるんでしょ？　何割引くらい？」

尚純の手を引いて廊下を進むと、あとからついてきた真智子が訊いてくる。

「なんで？　なんか買ってほしいの？」と私は露骨に面倒臭そうな声を出した。

「バッグとかほしいけど、でもHとか、ぜってー無理」

私は真智子を無視して居間へ入った。

居間には父と母がいた。相変わらずパジャマのような服を着た母が、テレビの前にごろんと寝転がり、その背後で逆方向に寝転がっている父がうるさいチワワの首根っこを摑んで、「ほら、姉ちゃんが来たぞ。うれしいなぁ」と、まるで幼い子を相手にするように話している。

首だけを曲げてこちらを見上げた母が、「あんた、遅かったじゃない」と口を尖らせるので、「どうせ、まだ来てないんでしょ」と私は答え、「そこ、座ってよ」と、一応グラスや皿だけが並べられているテーブルの隅に尚純の背中を押した。

「あの、初めまして。大路尚純と申します」

尚純がとつぜん改まって挨拶する。驚いた父と母が目を丸めて私のほうに振り返る。

「ああ、いらっしゃい、いらっしゃい」

「先にビールでも飲んでたら？　冷蔵庫に入ってるから」

尚純の生真面目な挨拶に、父と母は寝転がったままそう声をかけた。

その二人の背中に向かって、「ねぇ、何時ごろ来るの？」と私は訊いた。テレビを見たままの母が、「七時ごろって言ってたけどね」とその背中で答える。

「七時だったら、そろそろ着替えといたほうがいいんじゃないの」と私は言った。

「そうねぇ、そろそろだもんねぇ。お父さん、ねぇ」

隣で寝転んでいる父の腰を、やはり寝転んだままの母が叩く。かといって互いに動き出す気配はない。

散らかった台所のほうへ目を向けると、すでに寿司が届いており、真智子が鼻歌を歌いながらお茶を淹れていた。

「タク兄ちゃんは？」と、私は一番上の兄がどこにいるのか、真智子に訊いた。

「上で寝てる。起こしてきてよ」

真智子がキティちゃんのマグカップに入れたお茶を啜りながら答える。その声に寝転んだままの母が、「真智子、あんた暇なんだったら、風呂洗っときなよ!」と指図を出す。横を見ると、まだ尚純が突っ立っていた。さすがに寝転ぶ両親の隣に座るのが憚られるのか、きょろきょろと壁にかけられた先祖の遺影なんかを眺めながら襖《ふすま》の敷居に立っている。

「けっこうカルチャーショックでしょ?」

私はみんなに聞こえないように尚純の耳元で囁いた。いきなり耳元で囁かれ、ビクッと首を縮めた尚純が、「え? いや、別に」と慌てて答える。

考えてみれば、尚純の両親がごろんと床に寝転んでいる姿など一度も見たことがない。というよりも、洋室の居間なので寝転がるようなスペースがそもそもないのだが。

父の手元を逃れたチワワが、尚純の足の匂いを嗅ぎにくる。キャンキャン、キャンキャンと、耳を塞ぎたくなるほど吠えているのに、この家にいる人たちはまったく平気のようで、自分勝手に(ある意味、キャンキャンに負けないくらいの大声で)喋り続けている。

「ごはんまで時間あるみたいだから、ちょっとこの辺、散歩する?」

チワワにからまれて立ち尽くす尚純に助け舟を出してやると、尚純はほっとしたような顔で、「ちょっと外でタバコでも吸ってこようかな」と言った。

玄関で二階から降りてきた上の兄貴とかち合った。秋だというのに、Tシャツにトランクスという格好で、「もうメシだろ？　どこ行くんだよ？」などと呑気に声をかけてくる。

私は簡単に尚純を紹介して、さっさと玄関をあとにした。そのあとをまだスニーカーを履き終えていない尚純が追ってきて、「タバコ買ってきてくれって頼まれたけど、この辺に自販機とかあるのか？」と上の兄貴に握らされたらしい小銭を見せる。

まったく、私の彼氏と言えば、未だに自分の子分だと思っているのだ。

タバコの自販機まで尚純と歩いた。都内ではないので、歩けばすぐにコンビニがあるという土地ではない。大型トラックが走る街道を渡り、何を作っているのか未だに分からない畑を越えて、工事中の高速道路を右手に歩いて行くと、パチンコ屋に並んで一軒のコンビニがある。

「下の兄さんも、あんな感じなのか？」

歩きながら尚純にそう訊かれ、「あれをもうちょっとやくざっぽくした感じ」と私は答えた。

自分が連れて来たのだから仕方がないが、改めて尚純に家族のことを尋ねられると、なんとなく答えたくない気持ちになってくる。

「ああいう家でもさ、私にとったらけっこう居心地よかったんだよね」

私は言い訳でもするようにそう言った。慌てて尚純が、「誰も居心地悪いなんて言ってねえだろ」と言い返してくる。

「人間ってさ、楽に生活しようとすると、ああいう形になるんだと思うんだよね」と私は言った。ふと口からこぼれた言葉だったが、言ってみると的を射ているような気がしないでもない。大型トラックが一台、土埃を上げて走り去る。

「たまに、実家に帰ってくるじゃない。で、あの居間にお母さんやお父さんなんかとごろんと寝転んでテレビとか見るじゃない。もちろんパジャマかなんかで。そうすると、なんていうか、あ〜、楽だなぁって思うのよね。あ〜、楽だなぁって、東京で仕事してるときにはなかなか感じられないじゃない。もちろん自分の部屋なんかでぐたぁ〜としてるときには、そこそこ感じるんだけど、家族全員でぐたぁ〜としてるのとは、ちょっと何かが違うんだよね。なんていうか、やっぱうちって上品じゃないのよね。ただ、じゃあ下品なのかって言われると、やっぱりちょっと抵抗あるけど」

そこまで一気に話してしまうと、尚純が、「なんとなく、分かるよ」と言う。

「なんで分かるのよ、尚純に」

「どういう意味だよ？」

「だってさ、尚純の家は上品だもん」

「そんなことないよ」

正直、尚純の実家のような家で育った人に、あの楽な感じは分からないだろうとは思ったが、敢えて反論しなかった。

「でもさ、お前って偉いよな」

とつぜん尚純がそう言って顔を覗き込んでくる。

「偉い？　なんで？」

「いや、なんでってこともないけど、なんとなく」

尚純はそう言うと、客のいないがらんとしたコンビニに一人で入った。

子供のころから、決して両親や自分の育った家に不満があったわけではない。どちらかと言えば、家にいるのは楽しかったし、二人の兄たちも何かに反発してグレたというよりは、楽なほう楽なほう、楽しいほう楽しいほうへ流れていったら、いつの間にか一端《いっぱし》の不良になっていたのだと思う。兄二人がそんな風だったので、私も気がつくと決して真面目な女のコではなくなっていた。ただ、楽を極めると、楽しさに飽きるというか……、ふと気がつけば、何やってもいいんだったら大学でも行ってみようかなという気になっていたのだ。

尚純にはまだ話していないが、私は高校のころ、地元のキャバクラでバイトして大学へ進学するために貯金した。キャバクラの店長が上の兄貴の親友だったので、ある意味とても楽に、そして安全に働かせてもらえた。その上、まさかと思っていた大学にもまぐれで受かり、その後は銀座のクラブで一年間働きながら学校に通い、二年目からは見事奨学金を受けられるようになったのだ。そういえば、銀座のクラブでは同じ大学に通う中国からの留学生としばらく一緒だった。たしか彼女は卒業後、国連への就職が決まっていたはずだ。

大路尚純の秋

子供のころ、秋になるとどこか物悲しくなるのは夏休みが終わってもう遊べなくなるからだと思っていた。実際、遊び疲れた気分というのは、ちょうど秋の物悲しさに似ている。ただ、この年になってみると、それが間違いだったことが分かる。

秋になるとどこか物悲しいのは、遊べなくなるからではなくて、遊び続けることに、楽しみ続けることに、人間が飽きてしまうということを、知らず知らずのうちに知ってしまうからではないだろうか。

「右じゃなくて、左だって！　右曲がると渋滞するのよ」

ラブホテルの駐車場から車を出した瞬間、助手席のレイに肘を突つかれた。慌ててハンドルを切りながら、「い、いきなりでかい声出すなよ！」と怒鳴り返すと、「ごめん。だってほんとに右に行くと混むんだもん、交差点の右折信号で」と申し訳なさそうな顔はしたのだが、手では好みのＣＤを探している。

昨夜、レイの家で夕食をご馳走になった。レイの二番目の兄貴が再婚するらしく、その相手の両親を呼んだ賑やかな席だった。俺も末席に座らせてもらったのはいいが、とにかく部屋が狭くて、その上大きなテーブルを二つも並べているものだから、主役の二人が並んでるのが本当に上座なのかも分からないくらいだった。

レイの兄貴が再婚だということは聞いていたが、どうやら相手の女も今度が二度目の結婚らしかった。作り上げられた美人というか、それこそ地方都市のキャバレーでならナンバー１になれそうな、どちらかというとケバい感じの女だった。

幸い彼女の両親も開けっぴろげな人たちで、レイの両親とも話が合ったようで、寿司を食べながらしゃべるだけしゃべると、「それじゃあ、お母さんたち、カラオケ行くから」と四人で連れ立ち、近所のカラオケスナックへ行ってしまった。

レイと、長男の内妻というのか、とにかくあの家で同居している真智子と、それに次男と再婚する女が三人でテーブルを片付け、皿を洗っている間、俺はぽつんとその場に残されていた。長男はすぐに二階に上がってしまったし、次男は次男で、その場にごろんと横になり、それこそ母親とまったく同じ格好でテレビのクイズ番組を見始めたのだ。

台所が片付くと、「帰るよ」とレイに言われた。どちらかと言えば居心地が悪かったので、助かったとばかりに腰を上げたのだが、「え？　レイちゃんたち、帰んの？　泊まってけばいいのに」と真智子が声をかけてくる。

「泊まれってどこに？」

レイが呆れたように聞き返す。タバコに火をつけた真智子も、それ以上は何も言ってこなかった。

玄関で靴を履いていると、次男と今度再婚する女がやってきた。てっきり見送りに来たのだろうと思っていたのだが、「ほんとに三割引で買えるんだよね、あのバッグ」と、食事中に出た会話を確認にきただけらしかった。

レイは、「うん、買うときは連絡して」とそっけなく頷くと、ほとんど彼女の顔も見ずに外へ出た。あまりにもその態度が冷たかったので、逆に俺が申し訳なくなり、「そんじゃ、ごちそうさまでした」と深々とお辞儀して玄関をあとにした。

そのまま東京へ帰るつもりだったのだが、食事中、レイの母親に無理矢理ビールを何杯も飲まされていたので、レイと相談して近所のラブホテルに泊まることになった。

「ねぇ、おなか、すかない？」

ラブホテルを出て房総半島を北上し、そろそろ高速に入ろうかというところで、うとうとしていたレイがむくっとからだを起こしてそう言った。不思議なもので、そう言われると急に腹が減ってくる。

「どっか入るか?」と俺は訊いた。

「どっかって?」

「ファミリーレストランとか」

「ファミリーレストランかぁ……」

自分が言い出したくせに、何か提案してやるとレイは必ず渋る。自分では気づいていないのかもしれないが、これは車に乗せたときのレイの悪い癖だ。とにかくドライブ中の助手席は退屈なのか、どこかへ寄ろうと必ず言い出して、こちらが了解すると、「う〜ん、でも駐車場探すの面倒臭いかな」などと渋るのだ。

昨夜、ラブホテルの柔らかすぎるベッドであまり熟睡できなかったせいもあって、いつもの優柔不断に付き合う気になれず、俺はそのままハンドルを切らずに高速の入口に車を走らせた。

ちらっと助手席を見やると、「やだ……。何も食べてかないの? サービスエリアのレストランとかやだからね」と、レイが特に残念がる様子もなく呟いている。

ドライブというのは不思議なもので、どちらかが話し出さないとシャッターが押されない。

シャッターが押されないというのはヘンな言い方かもしれないが、とにかくどちらかが話し出さないと、ただ窓外の景色が流れていくだけで、いっさいの区切りというものがない。一般道ならかろうじて信号があるので息継ぎもできるが、渋滞もない千葉の高速道路では、道に落下物でもない限り、そのまま別の世界へと入り込んでしまうほど真っすぐな時間が続く。

「ねぇ」

しばらく高速を走り続けていたので、とつぜんレイに声をかけられ、俺はほっと息をついた。

「あのさ、高速、途中で降りて柴又行かない？」

「柴又？」

また始まったかと思いはしたが、黙られているよりはマシだと思い、いちおう言葉を返した。返した瞬間、柴又という地名からふと母の手紙が浮かぶ。

「私さ、寅さん記念館ってまだ行ったことないんだよね」

「寅さん記念館？」

「そう。尚純、ある？」

「ないよ。……っていうか、ふつうないだろ」

「私、寅さんファンじゃない？　それもかなりマニアな感じで」

「そうだっけ？」

「知らなかった？　もちろん四十八作全部見ているし、そのほとんどは三回以上見てるんだよね。それにほら、あの辺で何かおいしいもの食べてもいいし。このまま帰るのもちょっともったいないじゃない。せっかくの休みに。……あの辺って何がおいしいんだろ？　草だんごが名物なのは知ってるけど……。うなぎとか？」

平均的にしゃべればいいものを、レイは三十分黙り込み、その後、堰を切ったように話し出す。そういえば、これもまたドライブ中のレイの癖だ。

驚いたことに、レイは「寅さん記念館」内にあるクイズアトラクションで、上級者用にチャレンジしたにもかかわらず、見事全問正解を果たした。このシリーズを俺はまともに一本も観たことがなかったので、第何作目のマドンナは誰か？　という問題に、「こんなの、簡単、簡単。いしだあゆみよ」などと軽々と答えていくレイを、横でぼんやりと見つめているしかなかった。

帝釈天にお参りして、参道のうなぎ屋で昼食をとった。その足で「寅さん記念館」に行ったのだが、興味のない人には十五分で見て回れる館内を、レイはなんと二時間近くもかけて、陳列された寅さんの帽子や雪駄などの小道具まで熱心に見て回った。

あまりにもその目が熱心なので、「先に出てるぞ」とも言い出せず、仕方なくそれに付き合ったのだが、さすがに、「これねぇ、寅さんがさくらに送ったハガキよ」などと熱心に説明されても、「へぇ、そうなの」という以外の言葉が出てこなかった。

記念館を出たあと、江戸川の河川敷を散歩した。天気もよく、土手を吹き抜ける風は少し冷たくて心地よかった。

二人並んで土手に座り、しばらく黙って川の流れを見ていた。お互いにほとんど口をきかなかった。別に話すことがなかったわけではなくて、ただ目の前にグンと広がる河川敷の景色を眺めていると、無理に言葉などかわさなくてもいいのだと、誰かに言われているようだったのだ。

気がつくと、三十分ほどそうやって過ごしていた。「そろそろ、行く?」とレイに言われて、俺らは同時にひとつブルッと身震いをした。

「草だんご、買って帰るよね?」

立ち上がり、尻についた草を両手で叩きながらレイが言う。

「ああいうのって買うときはうまそうに見えるんだけど、実際、買って帰ると食わないんだよな」

同じように尻についた枯れ草を叩いて、俺は土手を上がるレイの背中を押した。

土手を町のほうへ降りて車道を横切ると、町の案内図が立ててあった。先に渡ったレイがその前で足を止め、「へぇ、こうなってるんだ。ほら、私たち、こうやってここ通ってきたでしょ？　でも、このまま真っすぐでも抜けられるんだよ」と地図上の道を指先でなぞってみせる。

なんとなくその指を目で追った。確かにレイが言う通り、車を停めた場所まで戻るなら、このまま真っすぐに抜けたほうが近いらしい。

目の前にある地図には、帝釈天を中心としたこの辺りの地名が詳しく紹介されていた。その中にふと見覚えのある町名がある。「行こ」とレイに腕を引かれ、歩き出そうとしたそのときだった。目の前の地図に書かれた町名と、母の部屋で見つけた手紙に書かれてあった町名が重なった。

無意識のうちに、封筒に書かれてあった番地を探していた。あの手紙を読んだわけではなかったし、もちろんそこに書かれていた番地を暗記しようと思っていたわけではない。たまたま同じ数字が並ぶ特徴のある番地だったのだ。

番地はすぐに見つかった。地図で見る限り、彼の家はこの近くらしかった。いや、この近くというか、今、自分たちが立っている場所から、一本向こう側の通り。その一角に彼の番地が記されている。

「どうしたの？」

レイに腕を引かれて、「ん？　いや、別に」と俺は答えた。

もちろん、彼が未だにこの町に住んでいるとは限らない。ただ、彼がおふくろと手紙をやりとりしていたころ、俺を連れて伊豆の旅館へ行ったころ、彼は間違いなく、この通りの向こうに住んでいたのだ。

すでに反対方向へ歩き出していたレイに、「あのさ、こっちから行ってみないか？」と俺は言った。

「なんで？　このまま真っすぐ行ったほうが近いって」

「いや、そうだけどさ、別に急がないだろ」

「別に急ぎはしないけど……。そっちになんかあるの？　ただの住宅地でしょ？」

ぶつぶつ言いながらもレイはあとをついてきた。横に並んで、「ねぇ、草だんご、どれくらいもつと思う？」などと訊いてくる。

「なんで？」

「もつんだったら会社におみやげで買ってこうかと思って」

「へぇ、大変だな。社会人になるってのも。……あ、それよりさ、エリザベス西田さんは元気にしてんの？」

「元気よ。腹立つくらい元気に、私のこと虐《いじ》めてる。ちょっと私が可愛いからってさ、可愛い女は仕事ができないって決めつけてんのよ」

「なあ、それって、エリザベスが言ったの？」

「……いや、私がそう思ってるだけなんだけどね」

「自分で自分のこと可愛いから虐められてると思ってんだ？」

「だってぇ、そうでも考えないと、ほんとにやってられないんだもん。あ～あ、ほんとにもう仕事辞めちゃおうかなぁ。ねぇ、ねぇ、もし私が仕事辞めたら、お嫁さんにしてくれる？」

レイが気味の悪い声を出して腕に絡まってくる。俺はその手を乱暴に振りほどいた。

「ちょっと、ひどいじゃない」

振りほどかれた腕を、レイがまた強引に絡めてくる。

「ねぇ、こういう話ってしたことなかったけど、尚純ってさ、自分の奥さんには家にいてもらいたいとか考えてるタイプ？」

レイがそう言いながら絡めた腕に全体重をかけてくる。

「俺？　別に……」

「別に何？」

「言われてみれば、そういうことって考えたことないな」

「じゃ、今、考えてみてよ」

「今？」

結局、腕を組んだまま歩いていた。ちらっとレイのほうを見てみたが、散歩の途中の気まぐれな質問だったらしく、真剣に俺の答えを待っているようには見えない。しばらく黙っていると、案の定、「あ、見て見て、ほら、柿の木」とすぐに話題を変えてしまう。

あれは二週間ほど前だったか、風呂上がりに牛乳を飲みながら階段を上がっていくと、兄貴たちの部屋のドアが開いていて、中から桂子の声が聞こえた。

別に足音を忍ばせたわけでもないのだが、なんとなく音を立てずに階段を上がっていくと、

「俺は、桂子がそれでいいんならいいけど。でも、あんまり急じゃないか？」という兄貴の声がする。

そのまま自分の部屋へ入ってドアを閉めれば、もう声は聞こえなかったのだろうが、なんとなく階段の一番上で立ち止まってしまって、その場で牛乳を一口飲んだ。

「ほんとに、何か理由があってのことじゃないのよ。なんていうか、ほんとにちょっと疲れただけなんだよね」と桂子の声がする。

「でもせっかくここまでやってきて、もったいなくない？」

「もったいないって？」

珍しくドアを閉め忘れているのか、それともこっそりと話す内容でもないから開けているのか、二人の会話がはっきりと階段まで聞こえてくる。

「だってさ、桂子の仕事って誰でもやれる仕事じゃないだろ。っていうか、雑誌を作るなんて、やっぱり憧れの職業だよ。それをさ、今までずっとやれたわけだし、なんか俺にはもったいないような気がするんだよな。まぁ、でも、桂子が決めたんなら、俺はほんとにそれでいいと思うけど」

「もちろん、急な思いつきじゃないのよ。この一年くらいずっと考えてたの」

「別に会社でなんかあったわけでもないんだろ？」

「うん、何もない。ただ、なんていうか、ほんとに気力がなくなったというか」

「まぁな、俺の三倍は働いてるもんな」

「私たちの仕事なんて、ほとんど気力でやってるのよ。いい雑誌作ってやる！　ってその気力だけで徹夜も続けられてたのね、でも、この一年くらい、その気力が湧かないっていうか……」

「気力ねぇ……。正直言って、俺にそんなもんあるのかなぁ」

「こう言うと、ちょっと偏見かもしれないけど、男が働くのに理由はいらないのよ。でも、女が働くには、特に結婚してる女が働くには、未だになんか理由がいるのよね。経済的に、とか。仕事にやりがいがあって、とか。とにかく男みたいに理由もなく働けないのよ……」

気がつくと、俺は階段に座り込んで、背中で二人の会話を聞いていた。桂子が仕事を辞めたがっているなんて思ってもいなかった。

「この前ね、レイちゃんに早乙女春暁っていう華道の先生を紹介したの」

「ああ、ギャラリーに呼ぶとか呼ばないとかのやつ」

「そうそう。結局ね、あれ駄目だったらしいんだけど……、彼女、レイちゃんね、二週間続けて、毎日その先生の自宅にお願いに通ったんだって。もちろん、すべて門前払いだったらしいけど……」

「あのコ、結構、根性あるんだな」

「でしょ？　私もその話、聞いたときびっくりしたもん。私にはもう出来ないなぁって」

「何、それで仕事辞める気になったわけ？」

「いや、それと直接関係はないんだけど、でも私にはもうそんな気力はないなぁって。なんていうか、働かなくてもいいのに、働くのって大変なんだなぁって」

「まぁな、男の場合、働かなくてもいいなんて状況、ほとんどないからなぁ……」

二人の話はまだ続きそうだったが、俺は立ち上がって部屋に入った。ドアを閉めると、二人の声はまだかすかに聞こえたが、もう内容が分かるほどではなかった。

土手沿いの車道から一本目の路地を左に曲がった。しばらく進むと、L字を左に折れる。さらに狭く長い路地が土手と平行に延びている。

てくてくと後ろ手を組んで歩くレイを追いながら、俺は家々の地番を目でたしかめた。左側に並んだ家々の番地が一つずつ減っていく。このまま減っていけばあと数軒先が「柳田健次」の家になる。

現実的に数字が減っていくからか、とつぜん緊張し始めている自分に気づいた。

「ねぇ、草だんごって、どの店も味同じなのかな?」

振り向いたレイの呑気な質問に、「一緒じゃないか」と俺は答えた。

そのときだった。三軒ほど先にある家の門が開き、中から中年の男が出てきたのだ。思わず足が止まりそうになった。どう数えてみても、男が出てきた家が「柳田健次」の番地だった。

男は玄関先に置かれていた自転車を押して道に出てきた。こちらが一歩前へ進むたびに自転車を押してくる男の顔が近くなる。

先にレイが男とすれ違った。男はちらっとレイを見たが、すぐに視線を前へ戻す。視線の先には俺がいる。目が合うと、とっさに俺は目を逸らした。かなり唐突だったが、反対側にある家の塀の向こうを覗き込むように首を伸ばした。そのまま、男とすれ違った。結局、視線は戻せず、俺はずっと見知らぬ家の塀の向こうを覗き込んでいた。

すれ違って、やっと視線を戻すと、前を歩いているレイが立ち止まり、「早く」と焦れたように手招いている。俺は少しだけ歩調を速めた。背中に男の足音と、男が押す自転車の音が聞こえる。

レイのところまで追いついたところで、不自然に見えないように振り返った。もうかなり距離は離れているはずだったし、もしかすると男はすでに角を曲がっているかもしれないと思ったのだが、振り向いた視線の先で男がこちらを向いて立っていた。一瞬、しっかりと目が合った。今度は男のほうがすっと視線を逸らした。目を逸らし、自転車に跨がると、一、二度、左右に大きくふらついたあと、スピードを上げて土手のほうへ走って行った。

かなり老けていたが、あのとき俺とおふくろを連れて伊豆へ行った「柳田健次」に違いなかった。

大路桂子の秋

このホテルの狭い客屋に、今、暖房が効いているのか、それとも冷房が効いているのか分からない。もしも自分のからだがまだ火照っているのであれば、この部屋の温度は少し低いのかもしれないし、逆に、今、自分のからだがもう火照っていないのであれば、この部屋の温度は少し高いのかもしれない。

大きなベッドの端っこで、枕を抱えて鼾《いびき》をかいている遠野を起こさないように、私は爪先立ちで窓際に寄った。タバコの煙が染み込んで、少し指先にねっとりと感じられるカーテンを開けると、開閉不能の小さな窓があった。窓の外には煌々と街灯に照らされた小さな通りが見え、深夜営業の居酒屋の看板がぽつんと置いてある。通りに人影はない。居酒屋の看板についたいくつもの黄色の豆電球だけが、順番についたり消えたりを繰り返している。ガラス窓に触れると、指先がひやっとした。すぐそこにある夜気がガラスを通して、はっきりと感じられた。

背後で寝返りを打つ衣擦れの音が聞こえて振り返ると、枕に顔を半分埋めたままの遠野がこちらをじっと見ている。いや、寝ぼけていて、その目には何も映っていないのかもしれない。

「電気つけていい？」と私は言った。

カーテンを開けているので窓の外からの灯りで、室内が真っ暗というわけでもなかった。

「……ん？　うん」

まだつけてもいないのに、遠野が私の言葉だけで眩《まぶ》しそうな顔をする。毛布から出ている肩が、昔より痩《や》せて見える。筋肉がなくなり、骨が浮き出している。

ベッドを回り込んで入口脇にあるスイッチを入れると、部屋のあちこちに置かれた間接照明が一斉につく。だが、この手のホテルらしく明るさは充分でなく、逆に部屋の中心がぼんやりと闇に沈み込む。

「やっぱり、今日も帰るのか？」

サイドテーブルに置いた腕時計を手に取りながら遠野が寝ぼけた声を出し、「もう一時すぎだぞ。こんな時間に帰って平気なのか？」とその腕時計をはめる。

「この前も言ったでしょ。私、結婚してるのよ。……泊まってけるわけないじゃない」

私は呆れたようにそう言った。独り掛けの安っぽいソファに腰を降ろすと、テレビのリモコンが置いてあって、バリッと嫌な音を立てた。慌てて抜き出してみたのだが、見た目には割れた箇所は分からない。

「でも、いくらなんでも遅くないか？　……まぁ、仕事でこれくらいに帰ることも珍しくないにしてもさ」

遠野がそう言ってベッドを離れ、素っ裸のままトイレへと姿を消す。ドアも閉めないものだから、不快な水音が部屋にこもる。

遠野がこうもしつこく私の帰宅にこだわるのは、何も私のことを心配しているからではない。こんなホテルに一人残されて、翌朝フロントのモーニングコールで叩き出されるように部屋を出て行かなければならない自分が寂しくて、こうもしつこく「もう帰るのか？」「やっぱり帰るのか？」と聞いてくるのだ。

「しかし、俺が言うのもあれだけどさ……」

トイレから素っ裸のまま戻った遠野が、腰にバスタオルを巻きながら目でタバコを探す。私はテーブルに置いてあるタバコとライターを、その胸にめがけてふわりと投げた。ただ、重さが違っていて軽いタバコはベッドに落ち、ライターだけが遠野の手に届く。

「……しかし、俺が言うのもあれだけど、お前の旦那も、よく文句言わないよな。女房の帰宅が一時、二時、いくら仕事とはいえ、俺だったら絶対にキレてるよ。それに今日、世間的には日曜日だぞ。日曜日に仕事でこんなに遅くなって……」

ベッドに落ちたタバコを拾い、柔らかいマットに遠野は腰を降ろした。脇腹に昔はなかった脂肪がたるんでいる。

「実際、何も言わないんだろ、お前の旦那。……まぁ、雑誌の編集なんてやってりゃ、土曜、日曜、関係ないのは分かってんだろうけどさ。……銀行員だったっけ？　お前の旦那」

タバコに火をつけた遠野に訊かれ、私は何も答えずにソファを立った。

「いや、旦那はまだいいとしても、お前んとこお舅《しゅうと》さんたちと同居だろ？　よく文句言われないよな」

私は一瞬、義父たちがすでにバンコクで暮らし始めていることを遠野に伝えようかとも思ったが、口元まで出た言葉を呑み込んだ。なぜだろう、遠野に「大路家」の人たちの話をすると、彼らのことを汚されたような気になってしまう。もちろん、そんな彼とこんなホテルに泊まっているのだから、自分がろくでもないことをやっているのは分かっている。ただ、そんな女と大路家の人々を一緒にされたくないような、そんな気持ちになってしまうのだ。

タバコを吸ってまたベッドに寝転んだ遠野の横で、私はてきぱきと身支度を済ませた。ときどき遠野が、「この前の仕事、結局、若いのに取られたよ」などとおなじみの愚痴をこぼしていたが、私は軽くあしらうように短い返事をするだけだった。

靴を履いて、「じゃあ、私、行くから」とソファから立ち上がると、「なぁ」と遠野が布団をかぶったまま呼び止める。

「あのさ、お前、なんで俺と会うんだよ」

すでに入口のほうへ向かっていた私の背中を遠野の声が追いかけてくる。私は立ち止まらなかった。

「なぁ！」

私はドアを開けて部屋を出た。遠野がまた何か言ったような気がしたが、すでに私は廊下に出ており、背後の厚いドアは閉まっていた。

人気《ひとけ》のないホテルのエントランスを出ると、まるで私を待っていたようなタクシーが一台停まっていた。私はその前を素通りし、表通りまで出て別のタクシーを拾った。

「なんで俺と会うんだよ」

タクシーに乗り込むと、遠野の声が蘇った。

本当に、馬鹿みたいな男だと思う。そんな質問をして、私になんと答えてほしいのか。「あなたが好きだから」とでも答えれば満足するのか。「あなたとのセックスが忘れられないから」とでも言えば興奮するのか。それとも、「あなたのほうが主人よりも魅力的だから」

とでも言ってほしいのか。

走り出したタクシーの窓を開けると、肌を切るような冷たい風が吹き込んできた。

坂道の途中でタクシーを降りた。料金を支払い、急勾配の坂道に停車した車の中からやはり斜めになった歩道へ降り立つと、一瞬、道が傾いているのか、自分のからだが傾いているのか分からなくなる。

ドアをしめたタクシーがゆっくりと走り出すのを見送って、私は玄関へと続く二十段もある石段を上った。

半分ほど上ると、玄関から明かりが漏れているのが見えた。外灯がついているわけではなく、廊下の奥にある居間の明かりが磨りガラスの玄関まで伸びている。

音を立てないようにドアを開けた。居間のほうからテレビの音が聞こえ、「桂子さん？お帰り」と尚純の声がする。

「ただいま」

自分の声が階段を上がっていかないように、私は奥の居間のほうへ声を返した。

尚純は居間のソファでお笑い番組を見ていた。改めて、「ただいま」と声をかけると、「大変だねぇ、日曜日だってのに」とテレビに顔を向けたまま答え、寝そべった腹の上に置いて

ある皿の上からピザを一切れつまんで口に入れる。「おなか減ってんの?」と私が訊くと、

「夕方、帰ってきて、さっきまで寝てたんだよね」と、質問とは違う答えが返ってくる。

「きのうからレイちゃんの実家に行ってたんでしょ?」

ハンドバッグをテーブルに置いて独り掛けのソファに座った。すぐそこに寝そべっている尚純の頭のつむじがそこにある。

「きのうはレイちゃんの実家に泊めてもらったの?」

つむじに向かって声をかけると、何か感じたのか、尚純がそこをボリボリと指で掻き、

「あ〜、えっと、うん、泊めてもらった」となんだか煮え切らない答え方をした。

「千葉だっけ? レイちゃんの実家」

「そう。二番目の兄さんが、二回目の結婚するらしくて」

「それでレイちゃんも里帰り?」

「そう。きのうの夕方、相手の両親が来て、みんなで食事して」

「そこに尚純くんも加わったんだ?」

「そう」

「へぇ」

「何? なんかヘン?」

尚純がそう言ってむくっと起き上がり、オリーブオイルで汚れた皿をテーブルに置く。

「いや、別にヘンじゃないけどさ。緊張しなかった？」

「別に。……なんていうか、あいつの実家ってちょっと雰囲気違うんだよね。普通の家と」

「雰囲気違う？　どういう意味？」

「だから、なんていうか、妙に開けっぴろげっていうか……」

「ふーん」

正直なところ、尚純の説明ではレイの実家がどういう感じなのか、まったく伝わってこなかったのだが、このまま会話を続けるにはあまりにも疲れていた。私は、「あ〜あ」とわざと大げさにあくびをするとハンドバッグを持って立ち上がり、「シャワー浴びてから、なんか作ってあげようか？」と訊いた。

「いや、冷凍のピザ三枚食ったから、もういいよ」

尚純がそう言って缶のコーラを飲み干し、大げさにゲップする。私が居間を出ようとすると、「あのさ……」と尚純が呼び止める。

「ん？」

「うん、あのさ、うちって上品だと思う？」

「え？　うち？」

私は少し面倒臭かったが、顔には出さずにそう訊き返した。

「うん、うちってさ、世間的に見ると上品なほうなのかなって思って」

本気で訊いているのか、それとも何か別のことを遠回しに訊こうとしているのか分からない。

「この家がってこと？」と私は首を傾げた。

「……う～ん、家というか、家族というか」

自分でもあまりにも曖昧な質問だと思ったのか、尚純はそこまで言うと、「まぁ、いいや。ごめん。なんでもない」と一方的に会話を打ち切り、またテレビを見始めた。

「下品じゃないと思うよ」と私はその横顔に言った。ただ、その横顔からはすでに自分がした質問への興味が消えているのが見て取れた。

「上品ぶって暮らしてないから、上品なんじゃないの」と私は言った。

もはや返事があるとも思えなかったが、ふと出て来た自分の言葉に妙に合点がいった。

「どういうこと？」

テレビに向けられていた尚純がこちらを見る。

「いや、どういうことって……。今、ちょっと言ってみただけなんだけど……」

思わずしどろもどろになると、「たしかに上品ぶってると下品だよな」と尚純が助け舟を出してくれる。

意味が通じ合ったのかどうか分からなかったが、私は尚純となぜかしら頷き合って居間をあとにした。

音を立てないように二階へ上がり、息を殺してドアノブを回して寝室の扉を開けた。すでに室内は真っ暗で、開けたドアの隙間から差し込む廊下の明かりが、二つ並んだシングルベッドの左側、薄い羽布団にくるまった浩一の顔のほうへ伸びている。まっすぐに差し込んだ光の中で、浩一の目がかすかに開く。

「……ごめん。起こした」

声をかけて部屋へ入ると、「……いや、寝てなかった」とまるで寝ぼけたような浩一の声が返ってくる。

「ごめんね。遅くなっちゃって。結局、仕事終わらなくて……」

「今、何時？」

「そろそろ二時」

後ろ手で扉を閉めると、部屋が真っ暗になってしまう。

「ねぇ、電気つけていい？」

私は返事も待たずに壁のスイッチに手を伸ばした。何度か点滅した蛍光灯がジーッという嫌な音を立ててつく。

「晩ご飯、どうした?」

タンスの引き出しから新しい下着を取り出しながら尋ねた。蛍光灯を避けて寝返りを打った浩一が、「駅前のラーメン屋で食ってきた」と答える。

「一人で?」

「ん? あ、うん」

私は引き出しを閉めてから、人の形に盛り上がった浩一のベッドへ目を向けた。どうせまた田辺と場外馬券場へでも行って、その帰りに一緒に食べてきたのだろうに見え透いた嘘をつく浩一が可笑《おか》しくなる。

「田辺くんとどうせ一緒だったんでしょ?」

私が呆れたようにそう訊くと、「そう。一緒」と浩一も悪びれもせずに素直に答える。

「嘘つくことないじゃない」と私は笑った。

また寝返りを打ち、「別に嘘ってわけでもないけどさ」と答えた浩一の声が、布団の中でこもる。

電気を消して部屋を出ようとすると、「あ、そうだ」と浩一に呼び止められた。

「……さっき、おふくろから電話があって、今週、保険のなんとかさんっていうおばさんが来るはずだから、桂子にそう伝えといてくれって」

「今週来るって？」

「うん、来る前に電話あるはずだからって。それより何だよ、保険って？」

「お義母さんたちの保険で、一つ満期になるやつがあるんだって。それでサインしといてくれって頼まれてたのよ。この前の電話で」

「満期に？　いくらぐらい入ってくんの？」

「さぁ、金額は聞いてないけど、言わないってことはそんな多くもないんじゃない」

「ふーん」

「ねぇ、お義母さんたち、変わりないって？」

「ああ。親父が屋台で水飲んで、ちょっと下痢したとか言ってたけど」

「お義母さん、ヨガ、始めたって言ってた？」

「ああ。始めたらしいよ」

「そうか。始めたんだ。やっぱり行動力あるわよね、お義母さん」

私はそう言うと、ドアを閉めた。暗い中でしゃべっていたせいか、たった今、浩一とかわした会話がまるで独り言だったように思える。

階段を五段ほど降りると、居間からテレビを見ている尚純の笑い声が聞こえた。私はなんとなくその場に腰を降ろした。硬くて、冷たい階段の感触がお尻に伝わる。それでもしばらく座り続けていると、お尻が硬かった階段に慣れ、いつしか冷たさも消えて、意味もなく座り込んだ場所だったはずなのに、ここに座ろうと部屋を出てきたような気になる。

階段を見上げると、寝室のドアが半分だけ見える。浩一はもう眠ってしまっただろうか。自分の妻が、こんなに冷たくて硬い階段で、こんな風にも居心地の良さを感じていることを、彼は知っているのだろうか。

翌朝、十時過ぎに会社へ着いた。茗荷谷駅から乗った地下鉄の中で、もう何年ぶりになるだろう、とにかくしつこい痴漢に遭った。地下鉄とはいえ、茗荷谷から銀座へ向かう丸ノ内線は、ところどころで車輌が地上へ出る箇所がある。車輌が地下へ潜ると、目の前のガラスに男の顔が映った。映ると、男は手の動きを止めた。男はまだ若いサラリーマンだった。日常生活で見かけても、まさかこの人が痴漢をするなどとは考えられないような風貌だった。

編集部にはまだ誰も出勤していなかった。まるで乱雑に積み重ねられた書類を支えるためにあるような机が、窓からの朝日を受けている。ただ、隣にある経理部はすでに全員が揃っており、いつものように部長の岡崎さんが、「桂子ちゃん、おはよ」と明るく声をかけてくる。私は、「おはようございます。天気いいですね」と答えて、自分のデスクに向かった。デスクで新着のメールをチェックしていると、有田焼の茶碗を両手で握りしめたその岡崎が、「早いね、校了明けでしょ?」とやってきた。

「ええ。みんなはたぶん午後出勤。何か、急ぎでもありました?」

私はメール画面を閉じて、朝日を浴びる岡崎の顔を見上げた。

「あ、そうか。今月一杯なんだ、桂子ちゃん」

岡崎が壁に貼られたカレンダーを眺めながら言う。カレンダーの今月最終日の欄に、バイトの京香ちゃんの文字で、「桂子さん退社。グスン」と書いてある。

「まぁ、いろいろと考えてからのことだろうから、今さらなんにも言わないけどさ、しかしもったいないよねぇ」

岡崎がそう言って、熱そうなお茶を一口啜る。

「……引き継ぎとか順調にいってるの?」

「急に辞めるわけでもなかったし、ゆっくりやれたから大丈夫ですよ」

「そう? ほんとに別のところに引き抜かれたんじゃなくて?」

「だから、ほんとに違いますって。ほんとにほんとに専業主婦になるんですよ。それにもし別の会社に移るんだったら、どうせどこかで顔合わせるんだし、言いますよ」

「いや、そうだろうけどさぁ。桂子ちゃんが主婦ねぇ、なんか想像つかない」

岡崎がそう言って、大げさに首を傾げる。

「やだなぁ。主婦のイメージが湧かないなんて、女として最悪じゃないですか～」

「いやいや、そうじゃなくてさ～」

よほど暇なのか、椅子に座ろうとした岡崎を、遠くから経理部の女のコが呼びにきた。中途半端なタイミングで呼ばれたせいで、降ろしかけていた腰が椅子の数センチ上で止まり、バランスを崩して茶碗からお茶がこぼれそうになる。

岡崎が行ってしまうと、私はスケジュール帳を取り出した。今月一杯ぎっしりと予定が詰まっている。しかし、その次のページ、来月の欄には今のところ、何も記入されていない。仕事を辞めるっていうのは、きっとこういうことなのだろうなと、ふと思う。きちんと言葉にはできないが、きっとこういうことなのだろうな、と。

大路浩一の秋

区民会館の中庭に、一本だけ紅葉の樹が植えられている。全面コンクリート敷きの中庭なのだが、そこだけぽっかりと穴が開けられ、大きな紅葉の樹が植えられているのだ。夜になるとライトアップされるらしい。樹の周りには三つのライトが設置してある。

先週この貸しホールへ「熱いトタン屋根の上の猫」の練習に来たときには、すでに真っ赤に色づいていた。そして今では、白いコンクリートの地面に、その葉がまるで敷き詰められたように落ちている。

もう五分ほどタバコを吸いながら、この樹を見上げているのだが、まだ一度も葉が落ちる瞬間を目にしていない。もちろん、さっきから何枚も葉は落ちているのだが、それが枝から離れる瞬間をどうしても見ることができないのだ。流れ星を見るのと、葉が落ちる瞬間を目撃するのでは、どちらが難しいのだろうか。

「浩一！　何やってんだよ、そんなとこで。直子ちゃん来たから、そろそろ始めるぞ！」

タバコの火を靴の裏で消していると、背後から座長の佐々木の声がした。振り返らずに片手を上げて合図を返したのだが、待ちきれないのか、こちらに駆けてくる足音がする。

「何やってんだよ？」

ベンチを回り込み正面に立った佐々木に、俺は背後の紅葉を指差した。

「紅葉？」

佐々木は一旦首を傾げたが、すぐに、「ほら、急いでくれよ。来週、本番なんだから」と口調を変えた。

佐々木に腕を引かれるようにしてベンチを立った。そのときだった。目を向けていた枝の先の葉が、その瞬間にひらりと離れたのだ。

「あっ」

思わず、うわずった声が出た。

「え？」と慌てて佐々木が振り返る。

「あ、いや……」

「なんだよ？」

佐々木も紅葉の樹を見上げるが、枝を離れた赤い葉はすでに地面に落ちた葉の中に埋もれている。

「な、なんだよ?」

改めて佐々木に訊かれ、「……いや、見えたからさ」と俺は呟いた。

「え? 見えた? どこ? 何が?」

一人うろたえる佐々木を置いて、俺はホール入口へ歩き出した。背後から強い風が吹いて来て、すっと前に出した右足を、一枚の赤い紅葉の葉が追い抜いていく。まるでその葉がさっき枝を離れたばかりの一枚に見える。


練習用に借りた小さなホールに入ると、すでに練習着のジャージに着替えた直子を、見学にきている田辺が笑わせていた。

何を話していたのか知らないが、もともと笑い上戸の直子がそれこそ床を這いずり回るように笑い転げている。

「あ、いた、いた。さ、佐々木さんが探してたよ」

腹を押さえた直子が、ホールに入って来た俺に言う。

「今、そこで会った」

「もう、マジ、田辺さん、おもしろい……」

田辺の肩をバチバチと叩きながら、直子がゆっくりと立ち上がる。直子は元々、うちの部員が働いているデザイン事務所のアルバイトだった。演劇が好きというわけでもなかったらしいのだが、何度かその部員に半ば強引に、鴻上尚史や野田秀樹の芝居を見に連れて行かれているうちに、「彼氏もいないし、休日暇だし、私もやってみようかな」とこのサークルに入ってきた。

大学からの友人、佐々木が作ったこの演劇サークルは、総勢10名の小さなものだが、年一回の公演だけは欠かさず続け、今年で五年目になる。もちろん公演したからといって、俺らの芝居を目当てに来る客などいない。たいてい部員たちの知り合いか、友人……、良くてその知り合いがときどき来てくれるくらいで、芝居目的というよりは、そのあとの打ち上げのために集まる人のほうが多い。もちろん部員たちもみんな普段は仕事をしているので、月に一度、こうやってホールを借りて集まればいいほうで、それでも必ず誰かが急な仕事や急なデートで練習を休む。自分でも、五年間こうやってまさにだらだらやってきて、それでも辞める気がまったく起こらないのは不思議だと思う。目的がなければ続けられない、などという言葉はよく聞くが、こうやって目的がなくても人というのは何かを続けていけるらしい。

遅れてホールに入ってきた佐々木が、台本を持ってみんなを呼び集めた。ホールの隅っこに座っていた部員たちが面倒臭そうに立ち上がり、それでも台本を掲げた佐々木の元へ集まっていくのだが、なぜかその後ろから田辺までついていこうとする。

「お前、行く必要ないだろ」

慌ててその腕を摑むと、「そうか。そうだよな」と照れ臭そうに田辺が頭を搔く。

「それより、ほんとに練習見てく気か？」と、俺は改めて尋ねた。

「マジで暇なんだって」

「暇だからってさ」

「いいだろ。別に迷惑かけるわけじゃなし」

「やりにくいよ」

「何言ってんだよ、本番はもっと大勢の前でやらなきゃならないんだろ」

「いや、そうだけどさ」

田辺から電話があったのは、ちょうどこのホールに着いたころだった。すでに十一時を回っていたが、電話に出ると第一声、「まだ寝てた？」と田辺は訊いてきた。

「あのさ、これからお前んち行こうかと思って」

「うち？　なんで？」

「別になんでってこともないけど」

話しているうちにホールの入口に着いてしまった。

「今、区民会館なんだよ。今日、芝居の練習日だから」と俺は言った。

「何時までやってんだよ？　その練習って」と田辺が訊いてくる。

「さぁ、五時くらいかな。今日が最後の通し稽古なんだよ。いちおう来週本番だから」

田辺がふらっとホールにやってきたのは、その電話を切ってから一時間後のことだった。台本を持った佐々木の元に集まったみんなが、立っているのも億劫《おっくう》だとばかりに床に座り込み始める。それを少し離れた場所から眺めていた俺は、やはりその様子をぼんやりと見つめている田辺に、「なぁ、ほんとに練習見てく気か？」とまた訊いた。

振り返った田辺が、「そんなに言うなら、帰るけどさ……」と残念そうな顔をする。そのとき、佐々木がこちらに目を向けたが、特に声をかけてくることもなく、やはりみんなと一緒になって床に座り込んだ。

「そんじゃ、帰るけどさ……。ところで、例の話、桂子ちゃんにしてくれたんだろうな？」

田辺が、そう言って俺の顔を覗き込んでくる。

「例の話って？」

「だから」

一瞬、何のことを言われているのか分からなかったが、すぐに思い出した。

「……例の話って、まさかお前、本気だったわけ？」

「当たり前だろ。本気だよ」

「当たり前って……」

「だって、どう考えたってそのほうがいいと思うんだよな、俺」

「いや、お前がよくてもさ」

「だから桂子ちゃんに訊いてくれって頼んでるだろ」

その辺りで痺れを切らした佐々木に呼ばれた。

さすがに田辺も自分が邪魔者なのだと察したのか、「とにかく頼むぞ。ほんとに訊いといてくれよ」と俺の肩を叩き、ドアのほうへ歩いて行く。「おい」と俺はその背中に声をかけた。しかし狭いホールに声が響いて、田辺ではなく、佐々木を囲んだみんなのほうが一斉に振り返った。


とつぜん田辺に消費者金融からの借金を肩代わりしてくれ、もちろん少しずつ返すから、約束するからと頼まれて、いきなり真っ暗な玄関で抱きつかれたあの夜、もう何年も張りつめていた何かの糸がプツンと切れたようだった。正直、その場で笑い出したくなったほど、プツンと何かが切れた気がした。

あの晩、田辺に抱きつかれている間、俺は実際ずっと笑うのを我慢していた。もう何年間も好きで好きで仕方のなかったヤツにとつぜん抱きしめられ、「お前の気持ち、俺、知ってたから……」と言われているのに、こみ上げてくる笑いを抑えるのに必死だったのだ。

「わ、分かったよ。貸すよ。金、貸すからさ、とにかく離れてくれよ」と俺は言った。

「……うん」

とつぜん我に返るというか、芝居の途中とつぜん舞台に明かりがついてしまったように田辺が白けた声を出す。ただ、一世一代の勇気を振り絞り、一度抱きついてしまった手前、すぐにからだを離すのも照れくさいらしく、「……うん」と頷いたにもかかわらず、なかなかその腕が動かない。

「ほら、ちょっと離れてくれよ」

田辺が抱きついたままなので、代わりに俺がその肩を押し返した。だが、それでも田辺がその場から動こうとしないので、「こんなことしてくれなくても金は貸すからさ。……もう、しないでくれよこんなこと」と突き放した。

目の前で立ち尽くした田辺が、大きくため息をつく音だけが聞こえた。それくらい玄関は暗くて狭かった。

「……いや、違うんだよ」

その暗闇の中で田辺が呟いた。

「……違うんだよ。俺、本当にお前の気持ちには、なんとなく気づいてて、でも、ほら、桂子ちゃんと結婚したし、やっぱり、そうじゃないんだろうなって思ってて。でも、やっぱり、たまにそうなのかなと思うこともあって……」

「それで、こんなことすれば、俺が金を貸すと思ったわけだ?」

別に嫌味を言うつもりはなかったが、ついそんな言葉が出てしまう。

「だから、そうじゃないって! ……そうじゃなくて、俺が知ってるってこと、ちゃんとお前に伝えたほうがいいんじゃないかって……」

田辺はそう言うと、やっと玄関の明かりをつけた。

明るくなると、目の前にある田辺の顔がよけいに近く迫ってくるようだった。田辺がうつむいたので、逆にじっとその顔を眺めていることができる。目の前にいるのは、姑息な手を使って金を借りようとした男のはずだった。明かりがつけば、そんな男の顔が現れるはずだった。しかし、明りがついてそこに現れた顔は、いつもとまったく変わりのない田辺の顔だった。

「タイミング、悪かったよな」

田辺は靴を脱ぎながらそう言った。

「いや、タイミング良かったんじゃないか。金借りる前だったんだから」と俺が皮肉で返すと、ちらっとこちらに目を向けた田辺が、「やめてくれよ」と本気で恥ずかしそうに顔を歪める。

田辺は靴を脱ぐと、短い廊下を奥へ進んだ。「上がれよ」と言うので、一瞬迷ってから、「いや、今日は帰るよ」と答えた。すると田辺が、「な、なんで？」と慌てて戻ってくる。

「なんでって……」

「だって、この状況のままお前に帰られたら、気まずいだろ」

「気まずいって、俺が今、ここに残っても気まずいのは気まずいだろ」

「いや、そうだけどさ……」

田辺が納得したようだったので、ドアを開けようと手を伸ばすと、「……あ、いや、やっぱ、上がってけよ。……やっぱりここで帰られたら気まずいよ。連絡もしづらいし、なんかこう、な？」と必死に引き止める。

「頼むよ」と田辺は言った。「なぁ、頼むよ」と言って、俺の肩をドンと突いた。

結局、俺はいつものように田辺の部屋に入った。ただ、その夜、金の話はもうしなかった。「本当に貸してくれるんだよな？」と田辺が確認してくることもなかったし、「本当に貸すから」とこちらが言い出すこともなかったが、もちろん俺は貸すつもりでいたし、田辺は借りられると思っていたに違いない。

その夜、ワインをあけて、遅くまで昔話に花を咲かせた。無理にくだらない話をしてゲラゲラと無理に笑えば笑うほど、俺は本当に田辺に金を貸すんだなと思ったし、ゲラゲラと無理に笑えば笑うほど、田辺は、「本当にこいつは俺に金を貸すんだなぁ」と思ったはずだ。当初の気まずさもあってすっかり酔ってしまい、田辺のアパートを出たのは深夜二時近かった。玄関先で靴を履いていると、珍しく見送りに出てきた田辺が、「なぁ、俺のこと、嫌いにならないでくれよ」と、わざと冗談っぽく言う。俺は返事をせずに靴ひもを結んだ。

「あのさ、さっきのあれ、本当に金を借りるためにやったんじゃないから」

言いにくそうな田辺の声が背中に落ちてくる。そう言えば言うほど、それが真相だと告げていることを、田辺は気づいていないらしかった。

「……ほんとにそうじゃないからな」

田辺はしつこく繰り返す。

靴ひもを結び終えて立ち上がり、「俺だって、別にあんなことされなくたって、お前に金くらい貸したよ」と俺は言った。

「ほんとか？　じゃ、なんか、俺……。まぁ、いいや。とにかくさ、やっぱすげぇ気まずいからさ、明日、仕事帰りに飲もうぜ」

「明日？」

「ああ。こういうのって時間置くと、もっと気まずくなるからさ」

田辺の表情があまりにも真剣だったので、「分かったよ、分かった」と俺は答えた。

外に出ると、ねっとりとした夜気が肌に触れた。蒸し暑い夜で、しばらく歩くとじっとりと腋の下に汗が出た。何気なくポケットの携帯を取り出すと、桂子からメールが一件入っていた。

「今日も遅くなりそう。ごめん」

見慣れたいつものメッセージだった。


もう五年も続けているのに、やはり芝居当日は緊張してしまう。もちろん義理で来てくれる客たちが自分たちに完璧な舞台を求めていないのは分かっているが、それでもみんなで手分けして書き割りを立て、楽屋で衣装に着替え始めると、まるで誰かの緊張が伝染してきたようになる。そしてそんなとき、自分が決して真剣に演劇に取り組んでいるわけではないが、決して不真面目にやっているわけでもないのだと思う。

狭い楽屋で鏡を譲り合うようにして衣装に着替えていると、その鏡に入口のドアを開けてきょろきょろと中を覗き込む桂子の顔が映った。すぐに佐々木が、「大路！　桂子ちゃん来てくれてるぞ！」と声をかけてくれ、「おう」と返事をした瞬間、鏡の中で桂子と目が合った。

「あ、そこにいたんだ」

すぐ近くにいたのに気づかなかったのが恥ずかしかったようで、桂子が少し顔を赤らめながら佐々木や他の出演者たちに会釈する。

「間に合ったんだ」

俺は鏡の中の桂子に言った。

「うん。早く片付いたから」

「しかし、来週一杯で退社するって人間を、休日出勤させるってすごいよな」

「私の仕事が遅いのよ。別に強制されたわけじゃないし。それに休日出勤も、本当にこれで最後。……本当に最後の最後」

なぜかしら自分に強く言い聞かせるようにそう言った桂子に、「ところでさ、今日、ずっと会社にいた？」と俺は訊いた。

「なんで？」

「いや、さっき三時ごろかな、携帯に電話したら繋がらなくて、会社のほうにかけたら、殿山さんって人が出て、『今日、桂子さんはお休みです』って言われたから」

鏡の前で衣装のジーンズにベルトを通しながらそう言うと、「あ、そうそう。そのころ、ちょうどお昼に出てたから。あ、彼女、その殿山さんってコ、私が出かけたあとに来たんじゃないかな」と、桂子が妙にあたふたした感じで答える。

また入口が開いて、田辺が顔を出したのはそのときだった。すでに顔を突っ込んでいるくせに、肩をすぼめたようにして中を窺っている。「田辺！」と声をかけると背後を振り返った桂子が、「あ、そうそう」と田辺の顔を見て何かを思い出したように、またこちらに視線を戻す。

「今、田辺くんから訊いたんだけど、田辺くんがうちで暮らすってほんと？」

「え？」

桂子の言葉に俺は思わず背後に立つ田辺を睨んだ。

「ここへ来る途中で、ちょうど田辺くんと会ったのよ。そしたら、そんな風なこと彼が言うから……」

田辺が申し訳なさそうに中へ入ってきて、「悪い。いや、ほんとに悪いとは思ったんだけど、話の流れでさ」と桂子の横で肩をすくめてみせる。

「そんな話になってるんだったら、遠慮しないですぐに言ってくれればいいのに」

桂子がまるで田辺を庇うように言う。田辺がどのように話したのか知らないが、目の前の桂子の様子だと、どうやらうまい具合に話したらしい。

田辺から、「お前んちの空いてる部屋に、住まわせてくれないかな」と、とつぜん頼まれたのはひと月ほど前のことだった。もちろん最初は悪い冗談だと思って相手にしなかったのだが、日ごとにしつこく、「なぁ、そのほうがお前に借りた金も早く返せるだろ。今、払ってる家賃をそのまま返済できると思うし……」などと言い出すようになり、田辺が本気で言っていることが分かってきた。

あの晩の気まずさを乗り越えたことで、田辺との仲が不思議とより深くなってしまった。口で説明するのは難しいが、以前が愛情を友情で隠した関係だったとしたら、あの夜を越えて以来、友情を過去の愛情で支えているような感じというか、たとえば、前に付き合っていた恋人同士が別れたあと、結果的にいい友達になってしまったような……、とにかくそんな妙な親密感が出て来てしまったのだ。

「まぁ、先にバンコクのお義父さんたちに相談しなきゃならないだろうけど、私だったらかまわないからね」

しれっとそう言った桂子の声に我に返った。

「かまわないって……」

思わず俺が絶句すると、「ほら、桂子ちゃんはいいって言ってくれてんだろ」と田辺が一歩前に出てくる。

「いいんじゃないかな。尚純くんも、剛志叔父さんのところで暮らすなんて最近言い出してるし、となったら、あの家、私と浩一の二人じゃ広すぎるよ」

桂子がまた田辺を応援するように口を出してくる。俺は改めて桂子と田辺の顔を見比べた。そしてふと、もしもこの二人が溺れかけていたら、自分はどちらを助けるだろうかという妙な疑問が湧いた。

空想の中、俺は桂子を助けようとしていた。波に流されていく田辺の名前を大声で叫びながら。しかし、なぜそうするのかが分からなかった。何のどんな力が働いて、俺をそうさせるのかが分からなかった。

冬

新堂レイの冬

「この辺って、まだこういうお店が残ってるんですね」

横を歩く桂子に声をかけると、「こういうお店が残ってるというか、こういうお店しか残ってないのよ」と桂子は笑った。

暖かな冬日を浴びた細い通りに、古い八百屋と魚屋が並んでいる。通りが明るすぎるせいか、八百屋の店内がやけに薄暗く見え、逆に店内が薄暗いせいで、そこに並べられた果物が、はっとするほど色鮮やかに見える。

「茗荷谷の駅まで出れば、スーパーなんか全部揃ってるんだけどね」

八百屋の前で足を止めた桂子の手には、昔懐かしい買い物かごが提げられている。

「いつもここで買ってるんですか？」

店内に入る桂子に小声で訊いた。

「ちょっとしたものは全部ここ。でも、まとめて買うときは、どうしてもね……」

そこまで言ったとき店の奥から白髪を丸刈りにした店主が現れ、威勢の良い声で、「らっしゃい。あれ、今日は妹さんと？」と気安く声をかけてくる。

「妹じゃなくて、尚純くんの彼女」

桂子がそう言いながら、慣れた手つきでレタスを選び出す。

「え？　そうなの？　へぇ、最近、お遣いに来ないなぁって思ってたら、そうか、あの尚坊も、こんなお嬢さんを彼女にするようになってたかぁ。ところで元気なの？　尚坊？」

やけに感慨深げに店主が見つめるので、仕方なく、「ええ、元気です」と私は小さく頷いた。

店内の棚には所狭しと野菜や果物が並べられ、生産地を記した段ボールが至る所に積み上げられている。決して片付いた店内とは言えないのだが、乱暴に開封されて積み上げられている段ボールを見ていると、ここに並べられた野菜がとても新鮮なものに見えてくる。

「ところで尚坊、いくつになるんだっけ？」

店主が私ではなく桂子に尋ね、「二十三かな」と答えた桂子が手にしていたしいたけを渡す。

「へぇ、尚坊も、もうそんな年になるんだねぇ。それじゃ、あれだ、大路さんとこの奥さんも年取るはずだよ。……あ、そうだそうだ、奥さんたち、向こうで元気にやってるの？　えっと、どこだったっけ？」

「バンコク」

「あ、そうそう。向こうで元気にやってるって？」

「みたいですよ。お正月には戻るって」

私が店内を見渡しながら、ぼんやりと二人の会話を聞いているうちに、桂子は必要なものをすべて手際よく選び終えていた。世間話と買い物がセットになっているというか、とにかく見ていて気持ちがいいほどスムーズなやりとりだった。

八百屋を出ると、今度は隣にある小さな魚屋で桂子は電話で注文していたという刺身の盛り合わせを受け取った。こちらはまだ若い店主で、「いつも、どうも！」とかけてくる威勢のいい声は八百屋と変わらないのだが、元来無口な人なのか、他の話は一切してこなかった。

「なんか生活してるって感じですよね」

少し日が翳り始めた通りを歩きながら、私は前を歩く桂子の背中に声をかけた。ちらっと振り返った桂子が、「そう？」と少し嬉しそうに微笑む。

「前に、桂子さんとよく仕事抜け出して一緒に晩ごはん食べたりしてたじゃないですか」

「食べたら、お互い会社に戻ってね」

「そうそう。あのときの桂子さんと今の桂子さん別人」

私がそう言って横に並ぶと、桂子が、「どっちが幸せそう?」とわざと真面目な顔をして訊いてくる。

「今。……でしょ?」

私はその顔を覗き込んだ。ただ、桂子は何も答えず、少し笑みを浮かべただけで、また買い物かごを揺らして歩き出した。


細く急な坂を降りた左手に大路家がある。かなり急な坂道のため、その途中にある大路家への石段の前に立つと、自分のからだが傾いているのか、それともこの苔むした石段が微妙に傾いているのか、一瞬分からなくなってしまう。

「この家って、古いんですよね?」

石段を先に上っていく桂子の背中に尋ねると、「浩一のおじいちゃんが建てたものらしいから、そうねぇ、築五十年くらいにはなるんじゃないかなぁ」と答える。

「築五十年にしては立派ですよねぇ」

桂子を追って石段を駆け上がった。さすがに最近運動不足なのか、二十段そこそこの石段を上がり終えると息が切れた。

桂子に続いて家の中へ入ると、台所で田辺という浩一の友人が冷凍の肉まんを電子レンジで温めている。さっきいちおう挨拶はしていたので、「ただいま」と声をかければ、「お帰り」と田辺も自然に答えてくれる。

「田辺くん、肉まんなんか食べてんの？　すぐにごはんの用意するのに」

桂子がその背中を押すようにして台所に入っていく。こうやって見ていると、まるで桂子と田辺がここに暮らす夫婦のように見えなくもない。ちょうど一番の上の兄の恋人である真智子が、私の実家の散らかった台所で、二番目の兄とカップラーメンを啜っていたのを目撃したときのような感じだ。

「ごはんの用意するって、浩一が戻ってからだよね。あいつ、ちょっと遅くなるみたいだよ」

肉まんを電子レンジから取り出しながら田辺が言う。

「電話あったの？」

「うん、さっき。一時間くらい遅くなるって」

「まだゴルフ場だって？」

「いや、ゴルフ場は出たらしいけど、そのなんとかって部長さんを車で送らなきゃならないって言ってた。……しかし、男も接待ゴルフなんて始めたら、人生見えたって感じするよなぁ」

田辺がそう言いながら温めた肉まんを持ってこちらに歩いてくる。私が一歩後ずさって田辺を通すと、「ほんとに尚純こないの？」と訊いてくるので、「やっぱりバイト休めないらしいです」と私は答えた。

結局、卒業後は剛志叔父さんの店で働くことにしたらしい尚純が、どうせなら近いほうがいいと西新宿にある叔父さんのマンションに転がり込んで、そろそろ二ヶ月ほどが経つ。尚純が何も言わないので、この田辺という男が彼と入れ替わるように、ここで暮らし始めたことを私は知らなかったのだ。

肉まんを食べながら、田辺は廊下の奥のほうへと歩いていった。何度か遊びに来たことはあるが、いつも玄関から二階の尚純の部屋へ直行することが多かったので、この廊下の先がどういう造りになっているのか分からない。

「その奥にね、六畳と四畳半があるのよ。お義父さんたちの寝室とはまた別に」

私が廊下の奥を覗き込もうとしていたのが見えたのか、背後から桂子の声が聞こえた。振り返ると、買ってきたものを冷蔵庫に詰め込んでいる。

「やっぱり、この家、広いんですね」

「お義父さんたちが結婚したときに、おばあちゃんが裏庭だったところに増築したらしいの。

それで母屋のほうは息子夫婦に渡して、自分は引っ込もうと思ったんじゃないかな、小さなお勝手とトイレまで作ってあって。ただ、やっと完成して数ヶ月も経たないうちにおばあちゃん亡くなったらしいんだけど……」

「そうなんですか」

「今まで物置みたいになってたんだけどね。田辺くんが越してくるって言うんで、浩一と一緒に片付けてみたら、六畳間のほうが全部空いたらしくて、今、田辺くんがそこで寝てる」

桂子があまりにも屈託なくそう話すので、「桂子さん、平気なんですか？」と逆に気を遣って尋ねた。

「平気って？」

「だって……。なんていうか、いくら旦那さんの友達だからって、ふつうはちょっと躊躇《ちゅうちょ》しません？」

「まぁね、ふつうに考えればそうだろうけど……」

桂子はそう言いながらも、思い出したように炊飯器のタイマーを入れた。

正直なところ、他人がとつぜん自分の家で暮らすようになるという意味では、私の実家もそう変わりない。実はこれが世間で思われているほどそう不自然なものではないことは、私自身肌で知っているのだが、それでもその感覚というか、開けっぴろげさというのが、この

笑う。

家には似合わないような気がした。

「あの、桂子さんってもうほんとに仕事辞めちゃうんですか?」

お湯を沸かし始めた桂子に尋ねると、「辞めちゃうって、もう辞めちゃったじゃない」と笑う。

「じゃなくて、なんていうか、しばらく休んでまたどこかで働くとか?」

「ううん。そういうんじゃないのよ」

ケトルを火にかけた桂子がくるっと振り返り、ダイニングテーブルの椅子に腰かける。

私もなんとなく誘われるようにそばにあった椅子に座った。座った瞬間、ある質問が浮かんだのだが、さすがに失礼な質問だと思って黙り込むと、その様子を見ていた桂子が、「別に、子供ができたわけでもないのよ」と笑う。

的を射た答えに驚いて桂子を見ると、またにこっと微笑んで、「普通、そう思うみたいね。……これくらい仕事続けてて、急に辞めるっていうと、みんなそう思うみたい」と答える。

「違うんですか? でも……」

私はまた失礼な質問をしそうになって慌てて口を噤《つぐ》んだ。しかし、すぐにそれも察したらしい桂子が、「別に子供作ろうと思って辞めたわけでもないのよ」と笑う。

「そうなんですか」

「まぁ、簡単に言えば、疲れちゃったってことなんだろうけど……」

お湯が沸いたので、私は立ち上がって火を止めた。やはり立ち上がった桂子が戸棚から湯のみとお茶の葉を出し、「緑茶でいいよね？」と訊いてくる。

「……私の母ってね、生まれてこのかた、いっさい仕事したことない人だったのよ。まぁ、世代的に珍しくもないんだけど」

桂子がお茶の葉を急須に入れながら話し出す。

「それで、桂子さんは仕事を続けようと？」

「う〜ん、そう単純でもないんだけどね、なんていうか、母の姿を見ながらこうはなりたくないな、とは思ってた。ただ、母が不幸そうに見えたってわけじゃないのよ。うちの父ってけっこう真面目な人だったし、どちらかと言えば愛妻家だし、母は間違いなく幸せだと思うのよ。実際、そう見えてたし。……でもねぇ、なんかそれが幸せそうじゃなかったのよねぇ」

私は話を訊きながら、桂子の手から急須を受け取ってケトルのお湯を入れた。すぐに茶葉の香りが立ち昇る。

「幸せなのが、幸せそうに見えなかったことですか？」と私は訊いた。

自分でも矛盾した質問だとは思ったが、桂子が言っていることはまさにそんな矛盾したことだった。

桂子はしばらく考え込み、「そうねぇ、幸せが幸せじゃないって、考えてみればけっこうきつい状況だよねぇ」と呟き、「……かといって、不幸せはやっぱり不幸せでしかないしねぇ」と付け加える。

「仕事、辞めてよかったと思います？」と私は訊いた。

「そうねぇ、どうなんだろう……。あのさ、仕事をしてると欲しくなるものってあるじゃない。具体的に何ってわけでもないんだけど、そういうものがね、いらないんだと思えるようにはなったの」

私はお茶を持って椅子に戻ると、「仕事をしてると、欲しくなるものかぁ」と呟き、熱いお茶を一口啜った。

正直なところ、それが何なのかは分からなかった。ただ、ぼんやりとそれが分かっているような気もした。そしてなぜかそのぼんやりとしたイメージとは正反対のものとして、乱雑で騒々しい実家の光景が目に浮かんできた。

地下鉄銀座駅の階段を猛ダッシュで駆け上がり、混雑した人波を掻き分けるようにして晴海通りを走った。寝坊したこんな朝に限って、次々と現れる信号は赤ばかり、イライラとその場で足踏みしていると、誰が吐き捨てたのかまだ乾いていないガムがヒールの踵にくっつく。

それでも信号が青になったとたん、誰よりも早く横断歩道に飛び出した。信号無視してきた車一台、私の気迫に怯えたように急ブレーキを踏み、スクランブル交差点のド真ん中で停車する。

まだオープンしていない店舗を脇目にエレベーターに乗り込んだ。いつもの若いガードマンが、「おはようございます」と笑顔で挨拶してくれたが、今朝はいつものように週末行われた競馬の話なんかに花を咲かせている時間はない。

エレベーターを十二階で降りると、フロアに妙な緊張が広がっているのが分かる。月に一度の定期会議、その上、今日はパリから本社の部長も出席するらしい。

デスクに早足に向かっていると、「ほら、急げ、急げ！　開演十分前！」と営業の立浪さんがふざけて大きな声を出す。こっそりオフィスに入ってきたのに、その声で一斉にみんなの視線が集まり、「うそ〜、今、来たの〜」「走れ！　走れ！」と急にオフィス内が騒がしくなる。

はやし立てるみんなを無視してデスクに着くと、昨日、尚純の家に行く前にわざわざ出社して揃えた書類のコピーが見当たらない。

「うそ？　うそ？　うそ！」

ほとんど叫び出しながら、とっ散らかったデスクを掻き分けていると、「新堂さん！」と背後からエリザベス西田の怒声が飛んできた。最近ではほとんど反射的に、彼女の声を聞くと背筋が伸びる。

彼女が現れたせいで、ざわついていたオフィスが一瞬、ボリュームを消されたように静まりかえる。あ〜あ、また朝からお説教かぁと覚悟して振り向いた。

「そこにあった資料、もう私が会議室に持ってった！」

西田がそう言って、ドンとその場で足踏みをする。

「すいませ〜ん」

ふざけているわけではないのだが、西田の顔があまりにもおっかないので、つい子供みたいに肩をすくめてしまう。

「いいからすぐ会議室来て！」

「あ、はい。すぐすぐ」

バッグを置いて、すでに歩き出している西田を追った。日を浴びた廊下を西田がお尻を振って歩いていく。

「すいませんでした。電車がなんか途中で止まっちゃって……」

その背中に申し訳程度の言い訳をした。嘘ではなかったが、そんな言い訳が西田に通用するわけもない。

「電車が急に止まってもいいように、もっと早く家を出ればいいでしょ！」

「はい、そうします」

「いい、そのあなたのドジキャラ……」

「ドジキャラ？」

「そう、そのドジキャラ。言っとくけど、そういうのが通用するのは二十五までだから。そういうキャラで二十五過ぎても可愛がられようと思ってたって無理だから。男はね、仕事できなくても会社にいられるけど、女は仕事できないといられないから」

会議室の前で立ち止まった西田が、くるっと振り返ってきっぱりと言う。

「ドジキャラって……」

思わずまた口から声が漏れた。

「ほら、もう社長見えてるから」

西田がそう言って、ドアをすっと開く。

幸い、本社の部長はまだ来ておらず、広い会議室では数人の役員と社長が談笑していた。西田が配ってくれたらしく、テーブルの各席には書類が一ミリの狂いもなく置かれ、その横には冷えたペットボトルの水とグラスが、やはりホテルの宴会場のように見事にセットしてある。

「すいません……」

その光景を見て、私は改めて西田に謝った。ドアロに立つ私たちを社長が手招いたのはそのときで、社長を取り囲んでいた役員たちもこちらに目を向け、なぜかしら気まずそうな顔をする。

先に歩き出した西田を追って私もすぐに社長の元へ急いだ。

「来年の本社研修、新堂さんに行ってもらおうかと思ってるんだ」

これが、私たちを呼びつけた社長の口から出た言葉だった。ずっと遅刻を怒られるのだと思っていた私は、その言葉を聞いて咄嗟に隣に立つ西田へ目を向けた。

年に一度、パリの本社に世界各国から社長や社員が集まってひと月ほどの研修が開かれていた。ある意味で、次の年の我がブランドのイメージが決まる重要な会議もあり、そこで来期のデザイナーの交代も決まれば、新店舗の出店先などが決まることもある。ここ五年ほど、この研修に毎年行っていたのが西田だったのだ。

目を向けた西田は、まったく表情を変えなかった。まるで事前に知らされていたようにさえ見えた。逆に、周りを囲む役員たちに緊張が走っている。

「いや、いろいろとみんなとも相談したんだが……」

場の雰囲気に押されるようにして、社長が口を開く。

「……今、西田さんに、ひと月、現場を空けられるっていうのは、やっぱりかなりの痛手でね」

私は社長の顔も西田の顔も見られず、少し俯いて話を聞いていた。ちょうど視線の先に自分が準備した資料があり、来年のテーマである「河」をモチーフにした新しいデザインのスカーフの写真が載っている。

社長の短い説明を聞き終えると、「それはもう決まったことなんでしょうか？」と西田がとても冷静な声で言った。本当にとても冷静な声だった。

「もちろん、西田さんの了解をとってからだけど」と、やはり冷静な声で社長が答える。

「分かりました」と西田が小声で答える。思わずその横顔に目を向けると、「分かりました」ともう一度小さく呟いたあと、「新堂さんなら、きっとやれると思います」と言う。

会議は定刻に始まった。本社の部長がいたので、ほとんどフランス語での会議だったが、内容はいつもの定例会議と変わりなく、時間通りに無事に終わった。

社長たちがいなくなると、広い会議室に西田と二人きりになった。声をかけようかとも思ったが、西田が手早くテーブルの片付けを始めたので、その機会を摑めなかった。しばらく片付けに専念していると、「すまないなんて、思うことないからね」と西田が言った。一瞬、何を言われたのか分からず、「え？」と声を返した。西田はテーブルを片付けながら、「私にすまないなんて思う必要ないから」と、もう一度きっぱりした口調で言った。

何か言葉を返したかったが、何を言っても嘘臭くなる気がして、私はただ、「はい。分かりました」とだけ答えた。

大路尚純の冬

玄関のノブに手をかけると、いつものように鍵はかかっていなかった。

「こんにちは〜。あの、尚純ですけど〜」

ドアを開けながら中に声をかけた。すぐそこにある障子戸の向こうから、「おう、開いてるよ〜」と柳田さんの声が聞こえる。テレビを見ているらしく、その画面の色がぼんやりと障子を青く照らしている。

「おじゃましま〜す」

俺はスニーカーを脱ぎ、ミシミシと音を立てる上がり框《かまち》に足を乗せた。

「もっと遅くなんのかなぁって思ってたよ」

障子戸を開けると、座布団を枕にごろんと畳に寝転がった柳田がそう言って、テレビをリモコンで消す。部屋全体に、男というか、中年の、それも一人暮らしの中年の匂いがこもっている。

「今日、電車で来たんすよ」と俺は答えた。

「電車で？　電車だと面倒だろ、乗り換えやなんか」

「いや、そうなんすけど、ほら、この前みたいにまた酔っぱらったら車じゃ帰れないし」

そう言いながら、俺は勝手に押し入れから座布団を取り出し、消されたテレビの前に座り込んだ。

「あの辺からだと、どうやってここまでくるんだっけ？」

「これがですね、想像以上に大変で……」

「まず御茶ノ水に出んだろ」

「そうです。そこから浅草橋に行って、そこで都営浅草線に乗り換えて押上でしょ、押上でまた乗り換えて京成高砂、そこでまた金町線に乗り換えて、やっと柴又」

「へぇ、そんなに？　他になんかスッと来られる方法ねぇのかよ？」

「調べたんだけど、それがないんすよ」

「直線ならそう大したことねぇのにな。十キロちょっとか？」

起き上がった柳田は枕にしていた座布団を広げ、「よいしょ」とそこにあぐらをかいた。

「あ、そうだ。これでしょ？　柳田さんがこの前言ってた焼酎」

俺は買ってきた焼酎をテーブルに置いた。すぐに柳田が手を伸ばし、百貨店の紙袋からボトルを取り出す。

「そうそう。森伊蔵、森伊蔵。……ほぉ、よくあったな」

柳田がうれしそうにラベルを見入る。

「ほんとに、これ、入手困難なんですか？　デパートの焼酎売り場に行ったら並んでましたよ。たまたまだったのかなぁ」

「そりゃ、よほど運が良かったんだよ。本当だったら予約して整理券らしいからな」

実際、苦労して手に入れたわけではなかった。ただ、苦労してもいいとは思っていたことだけは伝えようとしたのだが、柳田はさっさと座布団から立ち上がると、「なぁ、ちょっと味見してみようか」と台所にグラスを取りに行った。

十畳の居間の向こうに狭い台所がある。一階はこの他に風呂と便所があるだけで部屋はない。まだ二階に上がったことはないから分からないが、外観からすると、やはり和室が二部屋ほどあるようで、日頃、柳田はそのどちらかで寝ているらしい。

今から三ヶ月ほど前、レイとここ柴又に来た。提案したのはレイのほうだったし、母の手紙を発見して、その住所は暗記していたにしても、特に柳田に会いたいと思っていたわけでもなかった。ただ、本当に偶然、その日、寅さん記念館からの帰り道、柳田らしき男とすれ違った。もちろんそのときは素通りしただけだったが、なぜかしらその日から妙に彼と話をしてみたくなっていた。

実際に柴又を再訪したのはその翌々週の週末だった。レイと来たときに停めた駐車場に車を停めて、帝釈天にも、だんご屋にも寄らずに、まっすぐに柳田の家へ向かった。また偶然会えるなどとは思っていなかったし、会ったところで彼が自分のことを覚えているかどうかも分からなかったが、本当になぜか、彼が自分のことを覚えているか確かめたくて仕方なくなったのだ。

その日、柳田の家の前に着くと、急に家を飛び出してきた自分が馬鹿らしくなった。もう十数年も前に、母と浮気をしていたのか、それともあのまま二人でどこかへ駆け落ちでもしようとしていたのか知らないが、とにかくそんな男と今さら会って、何を話そうというのだろうかと、ちょっと考えれば馬鹿げたことだと分かるのに、こんなところまでのこのことやってきている自分が馬鹿らしくなったのだ。ただ、逆にここまで来たのだから、自分のことを覚えているかだけでも確かめたらどうかという、半ば投げやりな気持ちもわき上がってくる。

どれくらい通りに立っていただろうか、しばらく家の前に突っ立っていると、通りを歩いてきた買い物帰りのおばさんに、「そこになんかご用？」と明るく声をかけられた。もしもこの時のおばさんの声が冷ややかであれば、「いえ」と慌てて立ち去っていたかもしれない。

「え、ええ。ちょっと……。あの、知り合いで……」

苦し紛れにそう答えると、おばさんは何を思ったのか、「あら、そうなの？　健次さん留守だった？」などと言いながら、チャイムも押さずに門を開け、そのままの勢いで玄関ドアに手をかけたのだ。

鍵はかかっていなかったようで、「あら、いるじゃない」と、おばさんがうれしそうに振り返る。思わず、「あ、そうですか」と俺が頷くと、「健ちゃん！　いるんでしょ？　誰か訪ねてきてるわよぉ」とおばさんは近所中に聞こえるような大声を出した。

のっそりと、まさにのっそりと、玄関から柳田が顔を出したとき、おばさんはまるで女房のような顔をして、柳田の隣に立っていた。ただ、「なんか用？」と柳田が問うと、「あら、知り合いじゃないの？」と横でおばさんが大げさに驚いてみせる。その瞬間だった。柳田の目元が、「ん？」とでも言うように微かに動き、「……あれ、あんた、この前……」と首を傾げてもごもごと言い出したのだ。

おばさんが、「ああ、やっぱり、知り合いだ」と安心したように微笑んで、入ったときと同じような自然さで門を出てきて、さっさと通りを歩いていく。その勢いにつられておばさんの背中を目で追った。視線を戻すと、玄関先で柳田が首を傾げたまま俺を見ていた。

「あの……」と俺は小声で言った。

「この前、ここで会った人だよな?」

柳田がそう言って、一歩前に出てくる。なぜかその目を見て、柳田が俺のことを覚えているような気がした。いや、そうでなければ二週間も前にすれ違ったヤツのことなど覚えているはずがない。

「あの、実は、俺、前にあなたと会ったことがあって……」

そこまで言うと、柳田の表情に変化があった。思い出しそうでなかなか思い出せなかった何かが、ふと浮かんだようなそんな晴れやかな変化だった。

「間違ってたらごめんよ、あんたさ、もしかして美鶴ちゃんの……」

柳田が母の名前を出す。俺は黙って頷いた。

「へえ。そうか、やっぱりそう。いやぁ、この前、そこですれ違ったとき、なんかそんな気がふとしたんだよ。ただ……、いや、そりゃ、思い出せるわけもないか。こんなにでかくなってんだもんなぁ、あの子がさ。いや、でも面影あるよ」

柳田は一気にそこまで言うと、とつぜん表情を硬くした。そして、「も、もしかして悪い知らせじゃねぇよな?」と真顔で訊いてくる。

「いえ、違いますよ」と、俺は思わず笑みをこぼした。

「じゃあ、よかった。美鶴ちゃん、元気にしてんだろ？」

「はい。元気にしてます」

柳田はまだ何か話し足らないように口を動かしたが、「まあ、いいや、とにかく中に入んなよ」と強引に俺の腕を引っ張った。


「それにしても、もうここには来ないかと思ってたよ」

台所から焼酎用にグラスを二つ持ってきた柳田が、そう言いながらまた同じ場所にあぐらをかいた。俺は何も答えずに焼酎のふたを開けた。

「ちょっとこれの味見したら、また、『久野』になんか食いに行こうな。あそこの女将《おかみ》があんたのこと気に入って、また連れてこいってうるせぇんだよ」

数日分の新聞が重ねられたテーブルに、あまり透き通っているとは言えないグラスが二つ並べられた。一升瓶を抱え上げてグラスに注ぐと、トクトク、トクトクといい音が立って、とろっとした焼酎がグラスを満たす。

「いやぁ、それにしても、この前、あんな大失敗しちゃっただろ、俺。……だからさぁ、ほんと、てっきり、もうあんたは来ないだろうって……」

柳田がまた話を蒸し返そうとするので、よほどその話をしたいのだろうと思い、「いや、俺もまさか、あんな話になるなんて、思ってもみませんでしたよ」と、わざと能天気を気取って笑ってみせた。

「いや、俺もさ、まさかまだあんたが何も聞いてなかったなんて思わねぇからさ。いや、ほんと、おしゃべりな男ってのは最悪だ」

こちらが気安く応じたせいか、一応反省してみせる柳田も、実際はさほど気にしているわけでもないようだった。

「いや、この前も話したけどさ、美鶴ちゃんにも意地があったんだと思うんだよ……」

柳田が話を続けようとするので、俺は、「まぁ、ちょっと味見してみましょうよ」と焼酎で満たしたグラスを、柳田のほうに押しやった。

「そうだな。せっかく買ってきてくれたんだもんな」

グラスを持った柳田がまるでワインでも飲むように、まずグラスを鼻に近づけて匂いを嗅ぐ。節くれ立ったその指は、どちらかというと肉体労働者の手に見える。

柳田の話によれば、おふくろと俺を伊豆に連れて行った当時、彼は錦糸町を中心に「だるま」という数軒の居酒屋を経営していたらしい。しかし、その後、次第に経営が傾いてしまい、十年ほど前からは近所の土建屋で世話になり、土木作業員として生計を立てていたという。幸い、この家があったので、路頭に迷うことはなかったが、決してそれが豊かな暮らし向きではなかったことは、この家を一目見れば想像がつく。

柳田はおふくろと俺を伊豆に連れて行ったあと、一度短い結婚をしたらしい。ただ、どちらかというと話し好きな柳田が、あまり詳しくしゃべらないところを見ると、幸福な結婚生活ではなかったのだろう。

「どうですか？」

ゆっくりとグラスの焼酎を舐めた柳田に訊くと、「うん、やっぱうめぇな」と頷き、「ほら、あんたも飲んでみなよ」と自分のグラスを渡そうとするので、「いや、こっちに」と俺は握っていた自分のグラスから一口飲んだ。

もともと焼酎が格別に好きというわけでもないので、味の違いなど分からない。

「焼酎ですね」と俺は正直に感想を述べた。

「そう、まさに焼酎だよ」

柳田がなぜか俺の感想を気に入ってくれる。

すぐに柳田はグラスの焼酎の半分ほどを飲み干した。俺が一升瓶から注ぎ足そうとすると、

「いいよ、いいよ。今は味見だけで、どうせこのあと『久野』に行って飲むんだから」と慌てて自分のグラスを手のひらで塞ぐ。

「しかし、ほんと、まさかあんたが知らなかったとはねぇ……」

柳田がまた話を蒸し返そうとする。きっとこの二週間、秘密を漏らしてしまったことを申し訳なく思い続けていたのだろう。

「……で、あのあと、なんていうか、二人としゃべったのか?」

柳田がグラスに残った焼酎をまた一口舐める。

「二人って?」と俺が訊き返すと、「だから、ほら、美鶴ちゃん、というか、まぁ、あんたのおふくろと、あんたの親父さん……、というか、あんたのほんとの親父さんだ」と、ちょっと言いにくそうに視線を逸らす。

「あのあと、一度電話があったんですよ。バンコクのおふくろから」

「で、言ったのか? 俺から聞いたって」

「いや、何も言いませんでした」

「聞いたってことも?」

「はい。聞いたってことも」

「……そうか。言わなかったか」

「ええ。言いませんでした。たぶん、今後も言わないような気がします」

「そうか……。まぁ、あんたがそれでいいんなら、俺が口挟むようなことじゃねぇしな」

柳田はそう言うと、グラスに残っていた焼酎を一息に飲み干した。

「あれから、ほんとにいろいろと考えたんですよ。正直かなりショックで、なんでこんな目に遭ってんだろうなぁって……」

「いや、だからさ、俺が言うのもあれだけど、ほんとに美鶴ちゃんのギリギリの意地だったんだと思うよ、俺は」

壁の時計が六時を指し、妙なリズムでチャイムを鳴らす。柳田はタバコに火をつけて、うまそうに吸い込み、ゆっくりと煙を鼻から吐き出した。

「……あんたのおふくろさん、美鶴ちゃんじゃなくて、ほんとのおふくろさんがね、病院で亡くなるとき、美鶴ちゃんにこう言ったんだってよ。……お姉ちゃんを裏切った私を恨むなとは言わない。でも、この尚純には何の罪もないんだって。そして今の自分には、こんなにひどい裏切り方をしたお姉ちゃんしか、頼れる人がいないんだって。……病院のベッドで土下座して、しゃくり上げて泣いたらしいよ」

柳田がまた前回と同じ話を始める。まるで俺がここにいない間、誰とも言葉を交わしていなかったように、堰を切って言葉があふれ出してくる。

「……いや、俺はね、美鶴ちゃんからその話を聞かされたとき、正直、残酷な話だなぁって思ったよ。いったい誰が悪いのかなぁって。もちろん、一番悪いのは……、いや、こう言っちゃなんだけど、あんたの親父さんだよ。どんな理由があったにしてもさ、美鶴ちゃんと結婚しておきながらその妹となんて、俺から言わせりゃ、変態だよ。ただささ、俺もこの年になってくると、男と女の間に線なんか引けねぇのかもなぁなんて思ったりもしてさ。あんたの親父さんも、そうとう悩んだに違いねぇんだよな。だから、そんな姿を見たあんたの本当のおふくろさんがさ、そっと身を引いたっていうか、あんたの親父さんには嘘ついてさ、他の男の子供なんだって嘘ついてあんたを産んで……、一生、自分だけの秘密にしておこうと思ったんだろうと俺は思うよ。それが誰の嫌がらせか、そんなあんたの実のおふくろさんが病気になって、頼れるのが美鶴ちゃんだけなんて、ほんと運命ってのは残酷なもんだよ。美鶴ちゃん、自分の妹と自分の旦那が怪しいって、気づいてたんだってさ。ただ、まさかと思う気持ちもあって、自分で自分にそんなことはないって言い聞かせてたんだって。それなのに最後の最後になって、妹からそんな告白されて……。正直、つらかったと思うよ、美鶴ちゃん。だって、結局、全部自分でいろんな問題を抱え込んじゃったんだもんな。あんたの親父さんは、妹さんの言葉を信じてる。でも、実際あんたはその親父さんと妹の子供。ふつう美鶴ちゃんの立場ならあんたを引き取ったりなんかしねぇだろうよ。言ってしまえば、旦那と妹に裏切られた証だもんなぁ。……でも、美鶴ちゃんは引き取ったんだよなあ。二人に裏切られたことよりも、あんたのことが大切だったんだよ、きっと。……でもなぁ、やっぱり美鶴ちゃんだって女だもん、悔しかったと思うよ、俺は。せつなかったと思うよ、ほんと。

……だからこそ、あんたの親父さんには真実を伝えなかったんだよ。それを伝えたら、自分が必死に堪えてる何かがどっと流れ出しそうなんだって、美鶴ちゃん、そう言ってたよ。それが美鶴ちゃんなりの仕返しだったんだと思うよ。……ただささ、自分で決めたはいいが、実際に生活が始まるといろいろときつかったみたいでさ、あれはあんたを引き取ってから何年後だったかなぁ、久しぶり、ほんとに久しぶりに俺、美鶴ちゃんから電話もらってさぁ、何度か食事したりしてたんだよ。やっぱりあれだよ、いくら美鶴ちゃんが我慢したってさ、裏切った旦那と毎日顔を付き合わせてたんじゃ、つらいって……。あれ、たしか日比谷のレストランでメシ食ってるときだったかなぁ、美鶴ちゃんがさ、『女って、ほんと弱いわねぇ』って、『いざ、一人で生きようと思ったって、な〜んにもできやしない』って、『こんな目に遭っても、子供を二人も抱えてるとどこにもいけないのよ』って、急にしんみりした口調でさ。そのときはほら、俺まだ、何も知らなかったんだけど、まぁ、旦那とうまくいってないんだろうとは思ったよ。俺は、昔から美鶴ちゃんのことが好きで好きで仕方なかった男だから、そんな女に、そんな風に言われたら、やっぱり気になるじゃない。俺にできることがあればっていうか、俺になら美鶴ちゃんを幸せにできる、なんて思い込んじゃってね。……それで、まぁ、いろいろあって、美鶴ちゃんを伊豆に誘ったんだよ。そこで真面目に話し合って、もし美鶴ちゃんさえよければ、俺の女房になってもらえないかと思ってさ。……俺はね、てっきり彼女一人で来るもんだと思ってたんだ。二人の息子がいるとは聞かされてたけど、まさかその息子をさ、そんなところに連れてくるとは思ってなくて……。あんたの出生の秘密っていうか、それを聞かされたのはあの晩だったなぁ。たぶん、美鶴ちゃん、あのときはもう、旦那と別れること諦めてたんだろうなぁ、なんていうか、自分のことより、あんたたち息子のことを考えたんだと思うよ。最後に試してみたかったんじゃないのかなあ。ほんとに自分がどこにも行けないのか……。あんとき、美鶴ちゃん、俺とどうこうって気なんてなかったんだと思うよ。あの旅行をきっかけにさ、あんたを連れてどこかへ逃げようとしてたような、そんな気が俺はしたな。……だから俺、美鶴ちゃんに訊いたんだよ。『どうしてこの子だけ連れてきたのか』って。だってもしどっかに逃げるとしたら、ふつう実の子を連れてくだろ？　……でも美鶴ちゃん、こう言ったよ、『この子には私しかいないんだって、私がヘンな意地を張ってついた嘘のせいで、この子には私しか味方がいないんだ』って。……だから俺、言ってやったんだ。美鶴ちゃんが悪いわけじゃないって。ほんとにそう思ったんだよ。ただ、じゃあ誰が悪いんだって話になるよ。もちろんあんたの親父さんが一番悪いんだけど、もしもあんたの本当のおふくろさんが真実を告げてたら、あんたの親父さんだってちゃんと責任はとったと思う。じゃあ、あんたの実のおふくろさんが悪いのか。俺はそうも思えねぇ、人を好きになっちまったもん仕方がねぇよ。我慢しろっていうほうが土台無理な話だもんなぁ……。誰かを裏切りたくて、誰かを好きになるヤツなんていやしないんだし。誰かを好きになっちまうから、仕方なく誰かを裏切らなきゃならなくなるんだよな。残酷な話だけどさ……」

その辺りで、壁の時計がまたヘンなチャイムを鳴らし始めた。一時間もの間、柳田が一人でずっと話していたことになる。俺はただ、黙って柳田の話を聞いていた。ほとんどが前回聞いた話の繰り返しだったが、ただ黙って柳田の話を聞いていた。

つい数日前に、バンコクからかかってきた電話で、俺はおふくろに柳田と会っていることはもちろん、この話を聞いたことも言わなかった。言えなかったのではなくて、言わなかったのだと思う。おふくろはいつもと変わらぬ口調で、「あんた、ほんとに就職しないの?」と呆れていた。「ああ、しないよ」と俺が答えると、「まぁ、あんたがそう決めたんなら、お母さん、何も言うことないけどね」と、どこかうれしそうな声で言った。たまたま親父がそばにいたらしく、おふくろは電話を代わった。一瞬、いいよと言おうとしたが、口を開こうとしたときにはすでに、「もしもし」と親父の声が聞こえた。

正直、柳田から初めてこの話を聞かされたとき、親父だけが憎かった。実のおふくろやおふくろには、ほとんど何も感じなかったのに、親父にだけ息が苦しくなるほどの憎悪を感じた。そしてそれは丸一晩消えず、実際に息ができなくなるほどだった。もしかすると今でもその思いは心の隅でくすぶっているのかもしれない。ただ、俺はふとこう思った。「親父を恨むのは簡単だ」って。おふくろだって、俺の実のおふくろや親父を恨むのは簡単だったはずだって。でも、おふくろはそうしなかった。恨まずに、俺を引き取ってくれた。俺はそんなおふくろに育てられた息子なんだって。そして、そう思ったとたん、なぜかしら急に何も知らない親父のことが哀れになった。

おふくろから電話を代わった親父は、「お前、就職しないんだったら、こっちに遊びに来いよ」と言った。「どうして?」と俺が尋ねると、「いろんなもの、お前に見せてやりたいんだよ」と親父は言った。

大路桂子の冬

「浩一からもなんか言ったほうがいいんじゃないの？」

ベッドで本を広げている浩一に、私はなるべく自然な口調で話しかけた。せっかく開いた本を一瞬迷ってから閉じた浩一が、「なんか言ったほうがいいって？　誰に？　何を？」とすました顔で訊いてくる。ただ、その表情は、誰に何を言えばいいのか、ちゃんと分かっている。

田辺が勤めていた製薬会社をとつぜんリストラされて、そろそろ二ヶ月が経とうとしていた。私は鏡台に向かい、頬に保湿クリームを塗りこんだ。鏡の中に、天井を見つめている浩一の顔が映っている。こちらから見えるということは、浩一からもクリームを塗る私の顔が見えるはずだ。

「田辺、なんか言ってた？」

鏡の中の浩一が天井に向かって話しかける。

「なんかって？」

「だから、仕事のこと」

「探してるのは探してるみたいよ。でも、そう簡単にいい仕事が見つかるわけでもないだろうし……」

私は鏡の中で嘘をついていた。いや、嘘とは言えないのだが、かなり良いように解釈した田辺の様子を語った。

実際、田辺はハローワークにも通っている。ただ、日々暮らしているその表情に切羽詰まった感じはない。おそらくそれはこの家に住んでいる限り、当面の生活の心配がないからだろうと思う。雨露を凌ぐどころか、日当りのいい部屋がある。食費にしたって、二人分も三人分もそう大差ないから、田辺の存在がそう大きな問題にもならない。もちろんこんな状態が何年も続けば話は別だが、「当面は」と思えば、特に目くじらを立てるほどのことでもない。その上、田辺の明るい性格もあって、毎晩の食卓は正直楽しいし、私自身、もしも田辺がいなかったら、浩一が会社に出かけたあとの膨大な時間を一人で持て余すのではないかと思うこともある。

おまけに私が掃除を始めれば、田辺は「手伝おうか？」と掃除機をかけてくれる。最近では買い物にもついてきて、ビールなど重いものを持ってくれるのでとても助かる。さすがに洗濯物には手を触れないようにしていたらしいが、あるとき私の外出中に雨が降り、干していたものを取り込んでくれたのを機に、最近では、「洗濯機回しとこうか？」などと自分から言い出して、自分の下着はもちろん、浩一の下着や私のTシャツくらいなら日当りの良い二階のベランダに干してくれる。私自身、大学のころ運動部のマネージャーをやっていたので、他人の汚れものを洗うのには慣れていたが、さすがに当初は、自分の洗濯物を触られることに少し違和感もあった。ただ、元々、お義母さんたちがいたころから、自分のものだけは別に洗っていたこともあって、一緒に洗濯されるものの中に気を遣うようなものはないので、最近ではほとんど洗濯は田辺に任せてしまっている。

要するに、現在では田辺と家事を分担しているとも言える。家事を分担し、二人で浩一の帰りを待っているのだ。

保湿クリームを塗り終えて、自分のベッドカバーを取ると、再び本を読み始めていた浩一がその本を胸の上に置き、「でもさ、やっぱヘンだよな」と呟いた。

「ヘンって？」

ベッドに入りながら訊き返すと、「いや、だから、ここに田辺が暮らしてるの」と言う。

「別に狭い家じゃないんだから、いいとは思うんだけど」と私は曖昧に答えた。

「あれじゃ、居候というより、扶養家族だもんな」

「まぁ、そう言っちゃえばそうだけど……」

自然と出て来た言葉だったが、言ったあとに、ふとあることに気がついた。自分も扶養家族になったのだと。

「まぁ、仕事が見つかって、少し落ち着けば出て行くんだろうけど……」

浩一がまた本を手にしながら呟く。その声には、出て行かなくてもいいけど、という色のほうが濃い。

あれは高校生のころだったか、学校が終わってうちへ帰ると、母がぽつんと家の階段に座っていたことがあった。いつもは居間にいることが多かったので、そこに姿がなかった時にはどっかに出かけているのだろうと単純に思ったのだが、階段を上がろうとすると、そこに母がぽつんと座っており、思わず、「ギャッ」と悲鳴を上げてしまった。

母は私の悲鳴を聞いて、「何よ、びっくりするじゃない」と笑った。正直、びっくりさせられたのはこちらなのだが、あまりにも母が平静なので、逆にこちらが申し訳なくなってしまうほどだった。

「な、何やってるのよ?」と私が階段の下から尋ねると、「座ってるのよ」と母が階段の上で答える。

「それは見れば分かるけど……」

「お母さん、ちょっと考え事してて」

母はそう言って首を傾げながら階段を降りてきた。

「考え事？　そんなところに座り込んですることないじゃない」

母は私のからだを押しのけるようにしてダイニングへ向かった。よほど無視して二階の自室へ上がろうかとも思ったが、母の背中がどこか寂しげに見え、私は仕方なく母のあとを追った。

「何、考えてたわけ、階段で」と私は少し呆れたように訊いた。

「別に何ってこともないんですけどね」

そう言って、母がことんとダイニングの椅子につく。

「……別に何ってこともないんだけど……、なんかこう、急に不安になったというか……」

「不安？　どうして？」

「だから別に理由があるわけじゃないんですって」

私の冷たい口調に、母が苛立ったように言い返してくる。

「理由がないのに、不安になるってヘンじゃない」と私が言うと、「そうね、ヘンよね」と母も素直に頷く。

「どうしたのよ？」

「……別にどうしたってこともないのよ」

「ないんだけど？」

「ほら、ずっとお母さん、この家にいるじゃない？　朝、あなたとお父さんを送り出したあと、ずっとこの家であなたたちの帰りを待ってるじゃない」

語り始めた母の言葉を聞きながら、正直なところ、な〜んだ、そういうことかと私は思った。ある意味、どこにでもあるような妻というか、主婦の不安なのだろうと。

「……ね？　お母さん、この家で待ってるでしょ？」

「そうね。待ってるわね」

私は母の前に座り込んだ。

「でしょ？　それがね、今日の今日までまったく普通だと思ってたんだけど、さっきね、階段を上がりながら、ふと、なんていうのかしら、『お母さん、なんでここでこうやって普通に待ってられるんだろう』って、そう思っちゃったのよ」

「え？　何？　よく分かんない」

「いや、だからね、お母さん、ここで待ってるわよね？　お掃除したり、夕食のこと考えたりしながら、でもね、お母さん、なんでここでこんなに安心していられるんだろうって思っちゃったのよ」

「安心して？」

「そう。何の不安もなく」

「そりゃ、お父さんの妻なんだし、私のお母さんなんだから、いいんじゃないの？　ここでデーンとしてたって」

私は呆れて、ほとんど椅子から立ち上がりかけていた。

「そうよね。お母さん、ここでデーンとしててもいいのよね。それは分かるの。でもね、どうしてデーンとしててもいいのか、それがよく分からないのよ」

「だから……」

「お父さんの妻で、あなたのお母さんだからって言いたいんでしょ？」

「そうよ」

「ってことはよ、お母さん、お父さんの妻じゃなくなったら、この家にはいられないわけよね？」

「え？　まさか……」

「違う、違う。お母さんたち離婚なんかするわけないじゃない。年は取りましたけどね、お母さんたち、まだまだ愛し合ってるんですから」

「じゃあ、いいじゃない」

「そう。いいのよ」

なんだか禅問答のようになってしまい、椅子から立ち上がるタイミングを失った。

「お父さんに愛されてるからなのよね。私がここでデーンとしてられるのは」

「そうよ。いいことじゃない」

「……うん。いいのよ。愛されてるからね」

そう言って、母が黙り込む。

「ねぇ、何が言いたいわけ？」

さすがに痺れを切らして、私は椅子から立ち上がり二階の自室へ向かおうとダイニングを出ようとした。その背中に、「お母さん、ずっとお父さんに愛されてなきゃいけないのよね」と呟いた母の心細そうな声が聞こえた。

台所で目玉焼きを作っていると、首にネクタイをかけた浩一が駆け下りてきた。日頃、寝坊をするようなタイプではないのだが、今朝は寝覚めが悪かったらしく、いつもより十五分ほど階段を降りてくるのが遅い。

ただ、浩一とは逆に、いつもは浩一が出社してからしか起き出してこない田辺が、今朝は早々と食卓について、戸棚から取り出したカップにコーヒーを注ごうとしている。

田辺にも慌てた浩一の足音が聞こえたようで、「お、今朝はお寝坊さんか、うちの旦那様は」などとふざけ、自分のカップを後回しにして浩一のマグカップにコーヒーを入れてやる。

「おはよ。二度寝したら、これだよ……」

台所に駆け込んできた浩一が、田辺の手からコーヒーを受け取りながら、誰に言うともなくそう嘆く。

「食べてく？　時間ない？」

フライパンの目玉焼きを浩一に見せると、腕時計を確認して、「今日はいいや。遅れそうだし」と早口に言って、コーヒーを一口だけ啜る。

「あ、そうだ。昨日、言うの忘れてたけど、今夜遅くなるから」

マグカップをテーブルに置いた浩一が、食器棚のガラスを鏡に見立ててネクタイを結び始める。

「残業？」

フライパンの目玉焼きを皿に移しながら私が尋ねると、「いや、佐々木たちと飲み会なんだ」と答える。

「お、どこで？」

浩一の言葉に、自分も相伴にあずかろうと思ったのか、田辺がすぐに訊き返す。

「たぶん渋谷だと思うけど、いいぞ、お前、来なくて」

「なんで？」

「佐々木だけじゃなくて、他にも劇団の……」

浩一がそこまで言ったところで田辺が、「劇団って、お前ら、また芝居やろうってんじゃないだろうな」と大げさに驚いてみせる。

「なんで？　やっちゃいけないのかよ」

「いや、だって、この前のあれが、あれだぞ」

田辺がそう言いながら援護を求めるように私のほうへ顔を向けるので、「何、言ってんのよ。今年なんてまだいつもに比べればいいほうよ」と、私は田辺ではなく、夫の肩を持ってやった。

「嘘だろ？　去年ってあれよりひどかったのかよ。この前の劇なんて、役者全員、何言ってるかぜんぜん聞こえねぇし、途中でヘンな音楽は間違って流れるしで、大笑いだっただろ」

田辺の批判は正当なのだが、みんな本業でやっているわけでもないし、もっと言えば入場料もタダなのだから、どちらかと言えば、浩一たちのほうに下手な芝居を見せる権利があるような気もする。

「ねぇ、ほんとにそろそろ出たほうがよくない？」

私は壁の時計を確認してから浩一に言った。もう一口だけコーヒーを啜った浩一が、「あ、ほんとだ」と慌てて玄関のほうへ歩いていく。

浩一を追って廊下に出ると、「いってらっしゃい」という田辺の声が聞こえ、「いってきます」と浩一も自然に返事をする。その両者の声が私の頭上を行き交う。

慌てて靴を履く浩一に、「遅くなるって言っても、そんなには遅くならないんでしょ？」と私は訊いた。特に理由があって尋ねたわけではなかったが、少し意外そうに顔を上げた浩一が、「十二時ごろかな。なんで？」と訊き返してくる。

「うん、別になんでってこともないんだけど」

立ち上がった浩一の肩に埃がついていた。取って上げようと手を伸ばすと、タイミングよく埃がふわっと離れて落ちた。

「駅までダッシュだな」

浩一は勢い良く玄関を飛び出して行った。後ろ手で閉められたドアが少しだけ開いており、その隙間から石段を降りていく浩一の背中が見える。

台所に戻ると、田辺が目玉焼きを食べていた。「パン、焼く？」と尋ねたのだが、すでにトースターには二枚の食パンがセットしてあり、ジリジリとタイマーが回っている。

「田辺くん、今日、職探し？」と私は訊いた。

皿に顔を寄せて、目玉焼きの黄身をチュッと吸った田辺が、「いいよな、桂子ちゃんは職探さなくていいから」と呟く。

「どういう意味よ？」と私は冗談半分に田辺が座っている椅子を軽く蹴った。

「別に。ただ、いいなぁと思ってさ」

そのとき昨晩ふと思い出した母の姿が蘇り、「……そりゃ、私は浩一の妻だもん、ここにデーンとして当然でしょ」と私は田辺に言った。ただ、冗談のつもりだったのだが口に出してみると、なぜか途方もなくその言葉がむなしく響く。その奇妙な響きに気づいたのか、「いや、そりゃそうだよ」と慌てて田辺がフォローし、「あ、そうだそうだ。俺も今日、ちょっと遅くなるから」と話を変えた。

「どっか行くの？」

「いや、そうじゃないんだけど、なんていうか、離婚しても保険の解約とか変更とかいろいろあってさ、それで今日会うことになってんだよ、あいつと」

「じゃあ、晩ご飯いらない？」

「待ち合わせが夕方だから、なんか食ってくる」

「奥さんと？」

「まさか」

「だったら戻ってくればいいじゃない」

「いや、たぶんあいつと会ったあとだと、すげぇ機嫌悪くなってると思うから、ちょっと頭冷やしてから戻るよ」

焼けたトーストにバターを塗りながら田辺が苦笑いする。壁の時計は七時半を指している。おそらくトーストを食べ終えたら、田辺はまたベッドに戻るに違いない。


バンコクの義母から電話がかかってきたのは、夕方、田辺が外出した直後だった。携帯ではなく、家の電話だったので、どうせセールスか何かだろうと思って出たのだが、少し雑音の入る受話器の向こうから聞こえてきたのは、「桂子さん？ どう、そっちは変わりない？」という相変わらず元気のいい義母の声だった。

「ええ、こっちはみんな元気ですよ」

つい一週間ほど前にも電話で話していたので、お互いに特に新しいニュースはなかった。

義母が電話をかけてきたのは、日本へ戻るつもりだった正月のスケジュールに変更があったことを知らせるためらしかった。一週間前の電話では、「今週中にチケットを取るつもりだけど、田辺くんにはいてもらっていいからね。ヘンに気を遣ってホテルなんかに泊まらないように言っといてね」などと言っていたのだが、いつ気分が変わったのか、やはり正月には日本に戻らず、義父や現地で一緒に働いている豊川さん夫妻と四人でカナダ旅行に行くという。

義母は十五分ほど一方的にしゃべると、「ところで尚純はほんとに就職しないって？」と初めてこちら側の近況を訊いてきた。ただ、やはりこの話題も一週間前の電話と同じく、「ええ。そうみたいですね」としか答えられない。

義母は田辺のことも訊いてきた。当初、浩一が田辺を同居させると言い出したとき、義父が少しだけ反対したらしかったが、高校のころから田辺を可愛がっていた義母が、「離婚直後で田辺くんも大変なのよ」と一晩で義父を説得したらしかった。田辺についても相変わらずですと私は答えた。そしてもちろん浩一も相変わらずですと。

最後の最後になって、義母がちょっとだけ声色を変え、「ねぇ、ところで桂子さんはどうしてんの？」と訊いてきた。

田辺や浩一のことを訊かれたときのように、相変わらずですと答えようとしたのだが、その声にかぶさるように、「ちゃんと幸せ？」と義母が訊いてくる。一瞬、戸惑ってしまい、「……え、ええ。ちゃんと」と慌てて答えた。

義母からの電話を切って、夕食の買い物に出る準備をしていると、ダイニングテーブルに置いていた携帯が鳴った。一瞬、また義母からのような気がしたのだが、手に取った携帯には遠野の名前が記されていた。

一瞬、無視しようかと思った。ただ、無視すればするほどしつこく会いたがる男だということは分かっていたし、しつこく会いたいと言われるほどに自分の意思が弱くなることも分かっていた。

「もう、かけないでって言ったでしょ」

電話に出るなり、そう言った。受話器の向こうで遠野がニヤッとしたのが分かる。そして案の定、「だったら出なきゃいいだろ」という遠野の自信ありげな声が耳をくすぐる。

仕事を辞めれば、何かが変わると思っていた。もちろん遠野との腐れ縁だけではなく、いろんなことが、誰かによって変えてもらえるんじゃないかと思い込んでいた。しかし、実際は誰も何も変えてくれないのだ。

「今、茗荷谷の駅にいるんだよ」と遠野が言う。

「駅に？　なんで？」

「なんでって、お前に会いに」

「会いにって……」

「旦那、まだ会社だろ？　ちょっと出てこいよ。もしこの駅があれなら、どっか場所を指定してくれればそこへ移動してもいいし」

自分勝手な遠野の言葉を聞きながら、私は床に落ちていた米粒を拾った。指先に強く押し付けた米粒が、皮膚に深く食い込む。

会えば会うほど遠野という男が嫌いになっていく。いったいどこまで嫌いになれば、私はこの男に会いたくないと思えるのだろうか。会いたいのを必死に我慢するのと、会いたくなくなるまで相手と会い続けるのでは、いったいどちらが、夫や家族をより裏切っていることになるのだろうか。

大路浩一の冬

「そういえば、さっき会社出てくる前にYahoo! のニュースで見たんですけど、またどこかで爆弾テロがあったみたいですね」

横に座ってカツ丼を掻き込んでいる後輩の高安がそう言った。

「どこで?」と、やはり丼を持ったまま俺が尋ねると、「バリ島だったかな……」と曖昧に答えて首を傾げる。

「バリ島ってこの前もあったよな?」

「あれ、そうでしたっけ? じゃあ、またイラクのほうだったのかな」

丼を食べやすいようにぐるりと半回転させた高安が、そう言って分厚いカツに箸を突き刺す。

「バグダッド?」

「いや、そこじゃなくて、もうちょっと長い地名だったような……。そのニュース見たとき、へぇ、こんなところでって一瞬思ったから」

「なんだよ、そこまで覚えてて、場所の名前は出てこないんだ？」

カツを口に押し込んでいる高安に呆れて笑うと、俺らの前で黙々とやはりカツ丼を食べていた上司の一ノ瀬さんが、「しかし、お前らの話聞いてると、日本人でいるのが情けなくなってくるな」と、もっと呆れた顔で口を突っ込んできた。

高安の無駄話を無視して黙々と食べていたせいか、一ノ瀬の丼にはもうほとんど中身が残っておらず、食べ残すのか、最後に取っておいたのか、丼の端っこに小さなカツが一切れだけ残っている。

「どこでしたっけ？」

呆れられたことなどまったく気にせず、高安が一ノ瀬に尋ねる。一ノ瀬はYahoo!のニュースなど見てこなかったようで、「さぁな」と首を傾げて爪楊枝に手を伸ばした。結局、最後のカツは食べ残してしまうらしい。

「いやぁ、それにしても、もうすぐ一年も終わりですよ……」

いつものことだが、高安という男はあっという間に話題を変える。おそらく壁にかかったカレンダーにでも目が留まり、見たまんまを口にしたのだろう。

「……なんか、この前、年末だった気がしませんか？」

「言われてみりゃ、ほんとそうだな」

高安のリズムに乗せられて、一ノ瀬まで背後を振り返り、雪だるまの絵のついたカレンダーに見入る。

「こうやって、あっという間に、年とっちゃうんだろうなぁ。『ああ、もう一年過ぎちゃった』が、いつの間にか、『ああ、もう三年、あら、もう五年過ぎちゃった』って」

元来、人を引きつける話し方なのか、感情たっぷりにそう嘆く高安を、思わず俺は一ノ瀬さんと二人で見つめた。

「……だって、あと五年もすれば、俺が大路さんとこ座って、大路さんが一ノ瀬さんとこ座ってて、そんでここにはまだ学生気分の抜けない新入社員が座っちゃうんですよねぇ」

高安が真面目な顔でそれぞれの席を指差し、深いため息をつく。

「ちょっと、待てよ。お前がそこにいって、大路がこっちに来て……、俺はどこに行くんだよ？」

一ノ瀬が慌てて口を挟んでくる。

昼時のそば屋は満席で、入口には空席を待つ列が出来ている。もちろん自分たちもそこでたっぷりと待たされたので、待ってる客たちに申し訳ないとは思わないが、さすがに混んだ店内で長居していると冷たい店員の視線を感じる。

「でも高安が言うように、ほんと一年なんてあっという間だよな。このまま正月迎えて、春になって、春になったら人事異動で……。あ、人事異動と言えば、大路もそろそろ役職つくんじゃねぇか？」

とつぜん一ノ瀬にそう言われ、「そうですかねぇ？」と俺は曖昧に答えた。実際、そういう噂はあるらしいのだが、正直なところ、そうなろうとなるまいと、あまり変化があるとは思えない。

「そろそろ、行きますか」

店員のおばちゃんがお茶のお代わりを持ってきたので、入口で待っている客にではなく、そのおばちゃんに気を遣ってそう言った。「おう」と頷いた一ノ瀬が、爪楊枝をくわえたまま立ち上がり、しゃべってばかりでまだ最後の一口が残っている高安が慌ててそれを掻き込んだ。

夕方、会社を出る前に家へ電話を入れると、桂子ではなく、田辺が出た。もちろん一緒に暮らしているのだから、田辺が出ても何の不思議もないのだが、「もしもし？　あ、浩一か」という田辺の姿を、電話の置いてある居間の風景に重ねるのはどこか奇妙だ。

「今日、遅くなるんだよ。桂子いるかな？」と俺が言うと、「桂子ちゃん、夕方から出かけてんだよ。前に仕事で世話になってた人に食事に誘われてて、どうしても断れないんだと」と田辺がすらすらと答える。

「桂子も遅くなるって？」と俺は訊いた。

「さぁ、俺にはなんにも言ってなかったけど、子供じゃないんだから食事のあとはバーぐらい行くんじゃないか」

「そうか……。やっぱ、桂子みたいな仕事だと、仕事辞めてもそういう付き合いってあるんだな」

「言われてみれば、俺なんか、その手の誘い、ぜんぜんないもんな」

田辺が柄にもなく寂しそうな声を出すので、「俺だってそうだよ。もし、俺がここ辞めたとして、そのあとも親しく付き合えるようなヤツがいるかって聞かれたら……」と話を合わせてやった。

会話が妙に辛気くさくなっていることに気づいた田辺が、「で？　この電話、なんの用だったんだよ」と話を戻す。

「ああ、今日これから会社の忘年会なんだよ。桂子に言うの忘れてて。そんで晩飯いらないからって、桂子に伝えようかと思って。……あ、ところでお前、晩飯どうすんの？」

「俺？　そうだなぁ……、駅前でラーメンでも食うかなぁ」

そう言った田辺の声が誰もいない我が家の居間に響く様子が目に浮かぶ。

「あのさ、お前、金、大丈夫なのか？」

用意していた言葉ではなかったが、自然と口からそんな台詞がこぼれた。まさか田辺がラーメン代にも困るとも思えなかったが、本当に自然とそんな台詞が口からこぼれたのだ。

「金？　大丈夫なわけねぇだろ。失業保険はお前の借金返済に消えてくし、その失業保険だって、あと数ヶ月で切れちゃうし」

田辺がわざと大げさに嘆いてみせる。

「あのさ、もし困ってるんだったら遠慮せずに言えよ。またヘンなサラ金なんかで借りられるより、ぜんぜん言ってもらったほうがいいんだからな」

田辺の大げさな嘆きに冗談で返すつもりだったのだが、出て来た声のトーンがうまく冗談にならない。

「……ああ、今んとこ、大丈夫だよ」

田辺まで急に真面目な声を出す。

「仕事もさ、いつか見つかるよ」

「ああ、俺も真面目に探すよ」

「仕事が見つかって落ち着くまでさ、うちでのんびりしてていいからさ」

なるべく早口でそう言った。早口で言わないと、言い終わる前に言葉が出てこなくなりそうだった。

「……お前にそう言ってもらうと、俺、なんかほんと安心するよ」

「安心？」

「ああ、自分でもずるいのは分かってんだけど、俺、お前になら頼ってもいいような気がしてて。まぁ、実際、今、頼り切ってるわけだけど……、なんていうか、こんな風に言うと気を悪くするかもしれないけど、お前の好意に甘えるっていうかさ、お前なら俺を見捨てないはずだからって、心のどっかで思ってて……」

田辺が遠回しに何を言いたいのかは分かった。

「……ただcouple、こうやってお前の家に住まわせてもらって、お前に頼り切ってると、ときどき妙に不安になってさ……、自分がなんか男に捨てられないように必死にぶりっこしてる女みたいに思えてきて……」

本気で言っているのか、それとも冗談を言っているのか、何か言い返してあげたほうがいいような気はしたが、何も言葉が浮かばなかった。

その夜、ふと剛志叔父さんが経営する店に、久しぶりに顔を出してみようかと思ったのは、忘年会のあと、一人御茶ノ水駅へ向かっているときだった。学生のころはよく友人たちを連れて飲みに行っていたのに、考えてみると、もう三年以上も店に顔を出していない。もちろん、叔父さんと何かあったというわけでもないし、新宿に足が向かないということもないのだが、本当になんとなく店に寄り付かなくなっていた。ただ、その代わりと言ってはなんだが、ちょうどその頃から尚純のほうが叔父さんの店に入り浸るようになっている。そしていつの間にか、あの店は、というか、あの叔父さんは尚純のものというとヘンだが、心のどこかでそう思っている自分がいる。

切符を買って改札を抜け、狭い階段を降りていくと、暗いお堀に沿って宙に浮いているようなホームに出る。まだ十時を回ったばかりで、帰宅ラッシュの中休みなのか、ホームはそれほど混んでおらず、勤め人よりも近所に数多くある大学生たちの姿のほうが目立つ。グループではなく、一人で駅のホームに立っている学生というのは、どうして賢そうに見えるのだろうか。

ちょうどやってきた高尾行きの快速も、さすがに席は空いていなかったが、さほど混んでもいなかった。ドアの横に立ち、ゆっくりと流れていくホームに目を向けていると、ホームの一番端にぽつんと大学生らしい女のコが立っていた。薄暗いホームの端っこで、女のコは菓子パンを齧っていた。

歌舞伎町にある叔父さんの店に着いたのは、十時半ごろだった。地下への階段を降りて行くと、ライブのポスターなどがベタベタと貼られた階段の下から、音楽と客たちの笑い声が聞こえてくる。

階段を降りて重いドアを開けると、音楽と客たちの喧噪が、まるでこちらのからだを押し返すように溢れ出てくる。ただ、それも一瞬にして収まり、自分が喧噪の中へ吸収されたようにも、店内の喧噪がドアから流れ出してしまったようにも感じる。

一歩中へ入ると、「いらっしゃいませ!」と叫ぶ尚純の声が聞こえた。カウンターの中で洗い物をしているらしく、客が自分の兄だとは気づいていないらしい。レジに立っていたバイトの女のコが、「お一人ですか?」と尋ねてくるので、「ええ」と答えながら、数席空いていたカウンターのスツールへ向かった。

一番端の席に座ると、目の前で尚純が洗い物をしていた。客商売のくせに、目の前に座った客の顔も見ない。「おい」と声をかけると、「あ、はい」と返事をして顔を上げ、「な、なんだよ……」とひどく慌てて、手にしていたスポンジを落とす。

「そんなに驚くことないだろ」と俺は笑った。

「何しに来たんだよ」

「何しにって酒飲みに来たんだよ」

その辺りまでの会話を聞いて、後ろに立っていたバイトの女のコが、「知り合いの方?」と尚純に声をかけた。尚純が急に仏頂面になり、「兄貴」と無愛想に答え、またグラスを洗い始める。俺は後ろに立つ女のコに、「こんにちは」と挨拶し、珍しくもないバーボンを注文した。

叔父さんは今夜もう一軒の店に出ているらしかった。しばらくバーボンを舐めながら店内の様子を眺めていると、どうやら尚純がいちおう他のバイトたちを仕切っているようで、テーブルとテーブルの間をすり抜けながら料理を運び、空いたグラスを下げ、その合間にレコードを替えるようにとバイトの女のコに指示まで出している。

カウンターの中に戻ってきた尚純に、「なんか、けっこうちゃんとやってんだな」と声をかけた。「ほんとに一人で来たのか?」と怪訝そうな顔をするので、「一人だよ」と俺は笑った。

尚純がそれでも首を傾げる。

「ほんとに一人で酒飲みにきただけだよ」と俺は言った。

尚純が、「なぁ、もしさ、もしも俺がほんとに兄貴の弟だったらどうする?」ととつぜん言い出したのは、また洗い物を始めたときだった。相変わらずこちらの顔を見ることもなく、手元で次々とグラスを洗いながら、とつぜんそう言ったのだ。一瞬、意味が分からず、「え？　お前がほんとに俺の弟？」と訊き返した。すると、「ああ」と顔を上げた尚純の顎に白い泡がついている。何か冗談を言おうとしているのかとも思ったが、その顔を見る限りそうでもないらしい。

「なんだよ、いきなり」

あまりにも尚純の目が真剣だったせいか、俺は逃げるように笑った。すると、「いや、なんかふとそんなこと考えちゃってさ」と尚純も笑う。

「なんだよ、それ……。別にお前がほんとの弟だろうと、そうじゃなかろうと、今さらなんも変わらないよ」

自然とそんな言葉がこぼれた。

「……今さら、なんも変わらないか」

尚純が唇の端を少しだけ歪めて、なんだか嬉しそうに微笑む。

「なぁ、今度さ、親父たちんとこ、一緒に行ってみないか？」

そう言って尚純が汚れた皿を手に取り、スポンジで洗い出す。

「親父たちんとこ？」と俺は訊いた。

「ああ、バンコク」

尚純はそう答えながらも手を休めない。油でべっとりと汚れていた皿が、みるみるうちにきれいになっていく。

「いいけど、なんだよ、急に」

「別に理由はないよ。ただ、親父たちが心機一転、新しい人生踏み出したわけだし、いちおう息子たちとしてはさ、そこに行って応援してやってもいいかな、なんて思ってさ」

自分でも照れくさいのか、尚純は一度も顔を上げずにそう言った。

「旅費、自分で出せよ」と俺は言った。

「なんでだよ、ケチ臭いこと言うなよ」

尚純が笑い、やっと顔を上げて俺を見る。

剛志叔父さんの店を出て、茗荷谷の駅に着いたのは、午前零時を少し廻ったころだった。混んだ地下鉄を降りて外へ出ると、御茶ノ水の居酒屋でも剛志叔父さんの店でも酒ばかり飲んでいたせいで、妙に腹が減っていた。よほどラーメンでも食べて帰ろうかと思ったのだが、行きつけのラーメン屋も混んでおり、狭いカウンターで肩をすぼめてラーメンを啜るより、家でカップラーメンでも食べようとコンビニに寄った。

駅のある春日通りから一歩中へ入ると、急に静かになる。線路沿いにくねった坂道を降りていくのは自分だけで、手にしたコンビニのビニールが立てる音さえ大きく響く。

拓殖大学の前を抜けて、今度はゆるやかな坂を上っていくと、日ごろは気にもしない夜空に多くの星が瞬いている。一瞬、目の錯覚かと思うほど、冬の星座が輝いている。丘のてっぺんまで上ったところで、なんとなく足を止めて夜空を見上げた。後ろに倒れるほどからだを反らして真上を見ると、星空がすとんと落ちてきそうだった。

丘の上から切り立つ断崖のような急な坂道を降りていく。子供のころ、この坂道をよく尚純と二人で駆け下りて遊んでいた。一度も転んだことはなかったが、ゆっくりと駆け出すと、知らず知らずのうちにスピードが増し、恐ろしくて、自分ではもうどうにもできないほどスピードが出て、誰かに止めてもらいたくて、でも誰も止めてくれる人はいなくて、勢いのついたからだが倒れないように、必死に右足を出し、その右足を支えるために左足を出す。ちょっとでも躊躇すれば、この急な坂道は容赦なく俺たちを呑み込んだはずだ。

ほとんど爪先立ちで坂道を降りた。坂の途中にある我が家への石段を上がろうとすると、ふと人の気配を感じて立ち止まった。見上げれば、暗い石段にぽつんと座り込んでいる桂子の姿がある。

「な、何してんだよ」

思わず石段の下から声をかけると、一瞬、ビクッとからだを震わせた桂子が、「あ、浩一……」とほっとしたように息を吐く。

「何？　どうした？」

気分でも悪いのかと思い、石段を駆け上がった。

「違うの。なんでもないの、ただ、ほら、星が……」

桂子がそう言って顔を上げる。石段の途中に立って振り返り、桂子の視線を追って空を見上げた。さっき丘の上でも見た星空が、ここからもはっきりと見えた。

「今夜、奇麗だな」

桂子に背を向けてそう言った。振り返ると、あごを上げて夜空を見上げている桂子の姿が石段の数段上にある。

「どっかに出かけてたんだろ？」と尋ねると、ちらっと視線を夜空から落としそうになった桂子が、無理にそれを堪えるように、「うん」と星空を見上げたまま頷く。

「今、帰り？」

そう尋ねながら石段を上った。桂子の前まで来ると、星空を見上げていた桂子がすっと立ち上がる。

「レイちゃん、なんかすごく出世したみたいよ」

段差のせいで、桂子の顔が目の前にあった。

「レイちゃん？　今日、食事に誘われたって、彼女だったんだ？」

「ううん、そうじゃないんだけど、この前、ちょっと電話でそんな話を聞いたもんだから」

「出世？」

「そう。とっても責任のある仕事任されたって、レイちゃん、すごく不安がってた。でも彼女ならやれると思う。……どうしてなのか分からないけど、私、レイちゃんのこと、すごく好きなんだよね」

「まぁ、可愛いコではあるよな、素直で」

「たまにね、レイちゃんと一緒にごはん食べたりしてたことがあって、そのとき言われたのよ。『桂子さんは私の理想なんだ』って」

「理想？　すごいじゃん」

「でしょ？　私、すごいでしょ？」

そう呟く桂子の口元は笑っていたが、目だけが笑っていない。

「どうかした？」と俺は訊いた。

桂子が何も言わずに、ただ首をふる。俺は石段に足をかけた。一段上がると、すっと桂子の手が俺の腕を摑んだ。

「どうした？」と俺はもう一度尋ねた。尋ねたとたん、桂子が顔を俺の胸に当ててくる。

「……私、自信ないんだ」

そう呟いた桂子の声のぬくもりが、かすかに胸に伝わった。

「……自信ないけど、ここにいたいんだよね」

玄関の明かりが足元まで伸びていた。明かりのついた家の中に田辺の気配がある。

「……俺も、自信ない」

そう言うと、なぜか自然に手が動き、桂子のからだを抱きしめていた。同じ段に立つ桂子のからだを抱いていた。

「自信なんて、なくてもいいよね？」

桂子の言葉が胸に聞こえてくる。

「うん」

声は出さずに頷いた。

桂子が腕の中から離れようとするので、「……そう言えば、来年の芝居の演目、決まったんだ」と俺は言った。少しだけからだを離した桂子が顔を上げて、「まだやるんだ？」とわざと呆れたように笑う。

「ああ。まだやる」と俺も笑った。

「今度は何やるの？」

「桂子知ってるかな。オースティンの『自負と偏見』って小説」

「読んだことあると思う。でも内容忘れちゃった」

「俺も実は知らないんだ、内容」

「そうか、またのんびりとした例の練習が始まるわけだ」

「そう。またのんびりと一年かけて」

急な坂道を空車のタクシーがゆっくりと上ってくる。車のライトに照らされた坂道のアスファルトが、きらきらと輝いている。

二〇〇六年一月　光文社刊

光文社文庫

ひ な た
著 者 吉《よし》 田《だ》 修《しゅう》 一《いち》

2008年6月20日 初版1刷発行
2020年12月25日 11刷発行

発行者 鈴 木 広 和
印 刷 萩 原 印 刷
製 本 ナ シ ョ ナ ル 製 本

発行所 株式会社 光 文 社
〒112-8011 東京都文京区音羽1-16-6
電話 (03)5395-8149 編 集 部
8116 書籍販売部
8125 業 務 部

落丁本·乱丁本は業務部にご連絡くだされば、お取替えいたします。
ISBN978-4-334-74428-1 Printed in Japan

光文社文庫　好評既刊